Les Trolls

Polly Horvath

Les Trolls

Traduit de l'anglais (États-Unis)
par Benoîte Bureau

Neuf
l'école des loisirs
11, rue de Sèvres, Paris 6e

L'ARRIVÉE DE TANTE SALLY

Quelques jours avant le départ de M. et Mme Anderson de la petite ville de Tenderly dans l'Ohio pour la métropole un peu plus animée qu'est Paris, en France, leur baby-sitter attitrée, qui revenait elle-même d'un long périple, déclara à l'atterrissage un cas bénin de peste bubonique; en larmes, elle les appela pour les prévenir qu'elle refusait de refiler ses ignobles bubons à qui que ce soit.

— Soigne-toi bien, lui conseilla Mme Anderson. Et ne t'inquiète pas pour nous, on va s'arranger.

— Bon, d'accord, mais appelez-moi si vous ne trouvez personne.

— Je suis sûre qu'on va trouver, répondit aussitôt Mme Anderson, et elle raccrocha.

Se tordant les mains d'angoisse, elle annonça la mauvaise nouvelle à son mari. Celui-ci se mit sur-le-champ à téléphoner à tous ceux auxquels il pouvait penser. Mais personne n'était libre. Jusqu'aux agences de baby-sitting qui étaient complètement submergées! Melissa Anderson, dix ans, Amanda Anderson, huit ans, et Pee Wee Anderson, six ans, regardaient leurs parents, M. et Mme Anderson, faire les cent pas dans le salon et tripoter leurs billets non échangeables pour Paris.

— Quelle chienlit! s'exclama Mme Anderson.

— Pourquoi tu parles d'un chenil? lui demanda Pee Wee. Vous allez nous mettre au chenil?

— Non, lui répondit M. Anderson.

— Les chenils, c'est pour les chiens, dit Melissa, qui savait toujours tout.

— Elle a dit chienlit, dit Amanda, qui savait souvent tout.

— Ah! dit Pee Wee, qui ne savait rien, pauvre vermisseau qu'il était.

M. et Mme Anderson prévinrent les enfants qu'ils avaient besoin d'un peu de temps pour eux, les adultes, afin de résoudre ce problème. Ils mirent Melissa, Amanda et Pee Wee au lit plus tôt que d'habitude, regagnèrent le salon et fermèrent la porte. Les enfants Anderson sortirent de leurs chambres, descendirent l'escalier sur la pointe des pieds et se mirent à espionner leurs parents par le trou de la serrure.

— Qu'est-ce qu'ils font? chuchota Amanda à l'oreille de Melissa, qui était agenouillée devant la porte.

— Maman tire sur les franges de son châle, lui répondit Melissa.

— Oh, mon Dieu! dit Amanda.

— Papa transpire, dit Melissa.

— Oh, mon Dieu! dit Amanda.

— Comment tu fais pour voir qu'il transpire? demanda Pee Wee.

— Je ne le vois pas, je le sens. J'ai le nez très fin, lui rétorqua Melissa.

— Tu serais bien dans un chenil, fit remarquer Pee Wee.

— Nous n'irons pas au chenil, lui dit Melissa.

Et Amanda ajouta, en lui lançant un regard sévère:

— Je croyais qu'on t'avait déjà dit d'oublier cette stupide histoire de chenil!

— J'AI TROUVÉ! hurla Mme Anderson à cet instant précis.

— Maman saute partout, constata Melissa.

— Laisse-moi regarder, ordonna Amanda et elle la poussa de devant la porte.

Mme Anderson en applaudissait d'excitation:

— Ta sœur!

— Mais tu sais bien qu'elle sera à Chicago la semaine prochaine, enfin! répondit M. Anderson.

— Mais non, pas Lyla. Sally! lui rétorqua Mme Anderson.

Et ce fut le silence.

— Qu'est-ce qu'ils font ? Laisse-moi voir, c'est mon tour ! s'énerva Melissa, et elle poussa Amanda pour libérer la voie.

— Non, c'est à moi, dit Pee Wee, et il s'arc-bouta contre Melissa. Mais celle-ci ne bougea pas d'un pouce.

— Papa a l'air ahuri, dit Melissa.

— C'est qui, Sally ? demanda Pee Wee.

— Tu sais bien qui c'est : elle nous envoie une carte de vœux tous les ans, à Noël. Dessus il y a toujours un élan avec une guirlande de lumières sur la tête.

— Oh, dit Pee Wee, et tu crois qu'elle va venir avec son élan ?

— Ce n'est pas son élan, imbécile ; c'est juste une carte de vœux avec un élan dessus, lui répondit Melissa.

Et Amanda d'ajouter :

— Personne n'a d'élan. Qu'est-ce que tu crois, que c'est son animal domestique ou quoi ?

— Un élan, ça ferait un superanimal domes-tique, remarqua Pee Wee.

— Elle viendra sans élan, conclut Melissa, et les enfants recommencèrent à espionner leurs parents.

— Certainement pas, Doris, disait M. Ander-son.

— C'est seulement pour une semaine, Robbie, une toute petite semaine. Il ne faut pas qu'on perde nos billets, suppliait Mme Anderson.

— Pourquoi Papa ne veut pas demander à Tante Sally, à ton avis? Non, attends, il prend le téléphone…

— Peut-être qu'il appelle un chenil, proposa Pee Wee.

— Puisqu'on te dit qu'il n'y a pas de chenil! hurla Melissa, et si fort que Mme Anderson se rua sur la porte et l'ouvrit toute grande.

— Qu'est-ce que vous faites là? demanda-t-elle sèchement.

— Vous appelez Tante Sally? demanda Melissa.

— Votre père et moi, on aimerait bien avoir un peu d'intimité!

— Tante Sally n'a pas vraiment d'élan, n'est-ce pas Maman? demanda Amanda.

— Est-ce que je ne vous aurais pas mis au lit il y a un bon moment?

— Est-ce que vous appelez le chenil? demanda Pee Wee.

— Vous savez l'heure qu'il est?

Ils restèrent à s'entre-regarder, des caisses de questions sans réponses entre eux, jusqu'à ce que M. Anderson raccroche le téléphone et s'approche. Il était pâle.

— Devinez qui va venir lundi soir! Tante Sally, et du Canada en plus!

Tante Sally arriva la veille du départ de M. et Mme Anderson pour Paris. Tandis que M. Anderson allait la chercher à l'aéroport, tard dans la soirée, Mme Anderson s'assura que la maison était propre, les placards pleins et les enfants tirés à quatre épingles.

Chaque fois qu'elle passait devant Pee Wee, elle repoussait nerveusement une mèche rebelle qui lui tombait sur les yeux. Pee Wee, quant à lui, trouvait ça parfaitement inutile, puisque la mèche en question finissait toujours par lui retomber sur les yeux, mais cela détendait sa mère.

— Elle arrive! elle arrive! cria Mme Anderson au moment où deux phares apparurent dans l'allée. Et maintenant, prenez l'air gentil.

Amanda posa un sourire sur son visage, Melissa rentra son T-shirt dans son pantalon, Pee Wee repoussa tout seul sa mèche rebelle.

Mme Anderson ouvrit la porte.

— Oh, Sally! s'écria-t-elle, et elle se planta devant Tante Sally en souriant de toutes ses dents, sans savoir si elle devait l'embrasser ou pas.

— Eh bien, bonjour à tous! *Bonjour, bonjour**,

* En français dans le texte.

comme on dit dans mon pays bilingue, dit Tante Sally, et elle attrapa Mme Anderson par la taille et lui planta un gros baiser sur l'aile du nez.

La première impression des enfants fut que Tante Sally était une géante. Puis Melissa abaissa son regard et s'aperçut que Tante Sally portait des talons hauts, très hauts. Les lacets de ses chaussures à talons compensés s'enroulaient autour de sa jambe presque jusqu'au genou. Ça, c'était la partie inférieure de Tante Sally. Quant à la partie supérieure, elle était constituée principalement d'une véritable pièce montée de cheveux tout à fait jaunes, posée au sommet de son crâne. Entre les deux était la partie essentielle de Tante Sally, tout aussi impressionnante : elle avait les os larges et solides, des joues où la surface à embrasser était plus importante que chez la plupart des gens, des lèvres pleines et charnues ; au milieu de tout cela surgissait un nez considérable et brillaient des yeux beaucoup plus brillants que la plupart des yeux. Tante Sally était tout simplement débordante.

— Voilà les enfants, dit M. Anderson, auquel lesdits enfants trouvaient un air bizarre.

— Effectivement, ce sont eux, dit Tante Sally. Melissa, Amanda et Frank, c'est bien ça ?

— On l'appelle Pee Wee, rectifia Melissa.

— Eh bien, ce ne sont pas mes affaires, mais je ne laisserais personne m'appeler comme ça si je m'appelais Frank, dit Tante Sally en abaissant son regard vers Pee Wee.

— Et pourquoi? lui demanda Pee Wee, fier comme un pape d'être le premier auquel elle parle.

— Parce que ça m'empêcherait de dire «et maintenant, soyons francs». C'est un jeu de mots génial, mais évidemment ça ne marche que si on s'appelle Frank. «Et maintenant, soyons Pee Wee», ça n'est absolument pas drôle. Absolument pas. En plus, ça te fait paraître petit, ce qui n'est certes pas le cas. En fait, au Canada, un garçon de ton âge aussi grand que toi, on lui ferait sauter plusieurs classes et on l'intégrerait directement dans la police montée canadienne.

— Est-ce que tu es venue avec ton élan? l'interrogea Pee Wee.

— Mais non, lui répondit Tante Sally. Où voudrais-tu que je le mette, dans la baignoire peut-être? Sans parler de lui faire passer la douane en douce…

— C'est quoi la douane? lui demanda Amanda.

— C'est un endroit où on ouvre tes valises pour regarder tes sous-vêtements, l'éclaira Tante Sally.

— Veux-tu que je te montre ta chambre? proposa Mme Anderson, en l'éloignant rapidement.

— Je ne pense pas qu'elle ait vraiment un élan, pas vrai, Papa? demanda Melissa.

— Oh tu sais, elle plaisante, répondit son père. Du moins je crois. Et maintenant, qu'est-ce que vous diriez de cookies avec du lait avant d'aller vous coucher? Demain vous avez école et votre mère et moi voulons discuter tranquillement avec Tante Sally pour tout prévoir avant de partir.

— Mmmmm... fit Melissa.

— Papaaaa... ajouta Amanda.

— Je veux qu'elle me parle de son élan, renchérit Pee Wee.

— Des cookies avec du lait et au lit, conclut M. Anderson, sans discussion possible.

La morsure de la palourde

M et Mme Anderson partirent le lendemain matin, au point du jour. Au petit déjeuner, les enfants, tristes, mangèrent sans conviction.

– Ne vous inquiétez pas, tout va bien se passer, les rassura Tante Sally. Ça vous dirait d'inspecter mes affaires en rentrant de l'école ? Je vais vous attendre pour ouvrir mes bagages.

Les enfant acquiescèrent en silence et partirent pour l'école avec une grosse boule dans l'estomac, comme l'expliqua Amanda. À la fin de la journée, ils sentaient toujours cette grosse boule mais ils commençaient à s'impatienter, trouvant le temps long avant de rentrer à la maison et de pouvoir fouiller les affaires de Tante Sally.

Fidèle à sa parole, elle n'avait pas défait ses bagages. Les enfants montèrent dans sa chambre et s'assirent sur le lit, près des valises encore fermées, attendant timidement que Tante Sally leur propose de les ouvrir.

— Bon, finit par dire Melissa, s'adressant en apparence au plafond, à Tante Sally en réalité, qu'est-ce qu'on fait?

— Je ne sais pas, dit Tante Sally. Je ne crois pas qu'il y ait de protocole de fouillage.

— C'est quoi un protocole? lui demanda Pee Wee, qui pensait à un outil quelconque.

— C'est une espèce d'accord officiel, comme par exemple: d'abord nous examinerons toutes les chaussettes de Tante Sally, puis nous regarderons si elle n'a pas apporté de vieilles lettres d'amour, lui répondit Tante Sally. Bon, voyons voir, qu'est-ce qu'il y a là-dedans?

Et elle ouvrit la plus petite des valises.

— Ah oui, mon maquillage et mes bijoux. Je suppose que ça ne vous intéresse pas.

— Mais si, répliqua Melissa.

— Comment tu fais ta coiffure? lui demanda Amanda.

— Tu veux dire mon chignon ruche? Très difficile. Mais vous avez les cheveux longs toutes les deux, vous pourriez vous coiffer comme ça si vous vouliez.

— Montre-nous sur Pee Wee, proposa Melissa.

— Oui, fais-nous voir sur Pee Wee, renchérit Amanda.

Et Pee Wee eut soudain l'air très inquiet.

— Il est hors de question que je fasse une chose pareille, leur répondit Tante Sally. Et Frank est beaucoup trop beau pour qu'on l'abîme comme ça. Allez, asseyez-vous sur le lit, les filles, et je vous montrerai comment arranger vos cheveux. Pour toi, Frank, j'ai toute une collection d'eye-liners et d'ombres à paupières de toutes les couleurs qui vont te faire de chouettes crayons. Tu peux dessiner sur ce bloc et faire à tout instant des commentaires percutants sur ma façon de coiffer tes sœurs.

— Oh, est-ce qu'on peut avoir les eye-liners juste une minute ? demanda Melissa. Tante Sally venait en effet d'en sortir toute une poignée de jaunes, verts, mauves et orange.

— Je n'ai jamais vu autant de couleurs d'eye-liners, s'émerveilla Amanda.

— J'ai un eye-liner et une ombre à paupières pour aller avec chacun de mes vêtements, même avec mon maillot de bain.

— Tu te maquilles quand tu es en maillot ? s'étonna Melissa.

— Bien sûr, on ne peut jamais savoir qui on va rencontrer à la plage, lui répondit Tante Sally.

— Allez Pee Wee, laisse-moi voir, dit Melissa.

— Les filles, laissez le maquillage à Frank. Nous, on s'occupe de vos cheveux.

Et Tante Sally d'entortiller et de crêper.

— Je ferais bien de me dépêcher, remarqua-t-elle, parce que votre mère m'a laissé un planning et il est écrit qu'à quatre heures et demie, Melissa doit faire du violon.

— Oh non, pas vraiment, lui expliqua Melissa. Je veux dire qu'il m'arrive parfois de sauter un jour ou deux.

— Je sais que tous les enfants détestent s'exercer à leur instrument. En plus, les instruments de musique sont dangereux, tout le monde sait ça.

— Qu'est-ce que tu veux dire par là? l'interrogea Pee Wee.

Il releva la tête de son œuvre, un monstre qu'il avait dessiné à l'eye-liner mauve et qu'il coloriait maintenant à l'ombre à paupières orange.

— Votre père vous a certainement raconté le grand désastre de 1967? Sur l'île de Vancouver, là où on a grandi? Il vous l'a raconté, non?

— Non, répondit Amanda.

— Est-ce qu'il lui arrive de raconter des histoires de son enfance? leur demanda Tante Sally.

— Parfois, dit Amanda.

— Pas souvent, dit Melissa.

— Admire un peu! s'exclama Tante Sally, enroulant les cheveux d'Amanda sur eux-mêmes et construisant une tour de plus en plus haute. Je suppose qu'il ne veut pas vous effrayer.

— Est-ce que les instruments de musique sont dangereux au Canada ? C'est où, le Canada ? C'est sur l'île de Vancouver ? demanda Pee Wee.

— Chut, lui fit Melissa. De toute façon, même si on te disait où c'est, ça ne te dirait rien. Laisse Tante Sally nous raconter pourquoi les instruments de musique sont dangereux.

— Frank, mon chou, on ira chercher une carte tout à l'heure et je te montrerai où est le Canada. C'est un grand pays et l'île de Vancouver est sur la côte Ouest. Juste au-dessus de l'État de Washington.

— Ça ne lui dit rien, il ne sait pas où c'est, l'État de Washington, dit Melissa.

— Il ne sait rien en géographie, renchérit Amanda.

— Je sais où est l'Ohio, fit remarquer Pee Wee.

— Évidemment que tu le sais, Frank. Bon, qu'est-ce que je disais ? C'était au printemps 1967. Tout a commencé à cause de mon frère, votre oncle John. John jouait du violon, comme toi Melissa. Et, comme toi, il n'aimait pas s'exercer. Mais il le faisait malgré tout, même s'il oubliait parfois, quand il faisait beau et qu'il jouait à « v'là le caribou », un jeu canadien.

— Tu nous apprendras à y jouer ? lui demanda Pee Wee.

— Arrête de couper la parole aux autres, le réprimanda Melissa.

— Oui, tais-toi, ajouta Amanda.

— Ça me ferait très plaisir de t'apprendre, Frank, lui dit Tante Sally. Donc, ce printemps-là, il devait passer l'examen de deuxième année de l'Académie royale de musique. La maison mère de l'Académie royale de musique se trouvait en Angleterre, ce qui était encore signe d'une certaine respectabilité pour nombre de Canadiens. Quand tu jouais d'un instrument, tes parents avaient la possibilité de payer des droits d'inscription effarants qui te permettaient de passer un des examens de l'Académie royale de musique.

C'était un événement très important. Il fallait arriver et jouer ton morceau devant des sommités mondiales. Si tu réussissais, tu recevais un beau diplôme et tu pouvais passer dans l'année supérieure, mais si tu échouais, je suppose que tu allais te jeter d'une falaise ou quelque chose comme ça, parce que tes parents avaient payé cette satanée inscription à l'examen et que tu avais donc carrément intérêt à réussir. En plus, l'échec retombait sur ton professeur qui hébergeait les examinateurs ; donc, si tu ratais, non seulement tu t'humiliais mais en plus tu humiliais à peu près tous ceux que tu connaissais.

John aimait bien travailler des morceaux entiers, mais les gammes le rendait fou : il fallait se rappeler tous ces trucs impossibles, quel doigt va où et à quel moment, en montant et en descendant. Il travailla encore et encore, mais il s'arrêtait toujours avant d'en arriver à la gamme harmonique en *si* bémol mineur.

À mon avis, c'était juste à cause de son nom. Ça sonne vraiment impossible, «gamme harmonique en *si* bémol mineur», c'est un nom qui te dit : «Même pas la peine d'y penser, je suis beaucoup trop difficile pour toi.»

Et plus l'examen approchait et plus John avait peur de la gamme harmonique en *si* bémol mineur. Au lieu d'essayer de l'apprendre, il mit tout en œuvre pour l'éviter. Son professeur ne comprenait pas pourquoi il refusait de l'apprendre, lui qui avait appris tout le reste pour l'examen et qui était tellement intelligent. Mais il suffisait qu'elle dise le nom, gamme harmonique en *si* bémol mineur, pour que John devienne vert.

Comme elle était gentille, elle réessayait, leçon après leçon, mais c'était sans espoir : John était tellement persuadé qu'il n'y arriverait pas que, dès qu'elle commençait à travailler cette gamme avec lui, son cerveau s'arrêtait, si bien que, lorsqu'il rentrait à la maison, il était absolument incapable de se rappeler la moindre des choses qu'ils avaient faites pendant la leçon.

Avec le temps, John n'était plus seulement terrifié par la gamme harmonique en *si* bémol mineur, mais par tout ce qui avait trait à cet examen, jusqu'à ne plus pouvoir toucher son violon. Et pendant ce temps, la date de l'examen se rapprochait. Les droits d'inscription étaient payés. Pas moyen d'y échapper. La nuit, couché dans son lit, en sueur, il se tournait et se retournait, malade à l'idée que son heure approchait. Chaque seconde qui passait lui disait: «Gamme harmonique en *si* bémol mineur.» Trois jours avant l'examen, il alla à la plage, plongé dans sa mélancolie, pour s'asseoir sur les rochers, se promener au bord des flots et s'abîmer dans le désespoir. Parfois, quand on se sent vraiment mal, on a envie d'un joli décor bien dramatique pour être pleinement malheureux, vous voyez ce que je veux dire? L'océan est idéal dans ce genre de moment. Je me demande comment vous faites ici, dans l'Ohio.

— Moi, j'aime bien aller près des égouts, lui apprit Melissa.

— Et moi, j'aime bien m'asseoir sur le siège des toilettes, dit Amanda.

— Sympathique, noir et poussiéreux, commenta Tante Sally. Et pratique!

— Je ne comprends pas de quoi vous parlez, dit Pee Wee.

— Comme d'habitude, soupira Melissa.

— Bon, il est donc sur la plage, l'esprit ailleurs, tapant sur les rochers, attrapant des crabes et d'autres trucs et voilà qu'il met son doigt dans une palourde à demi ouverte, une chose qu'il n'avait jamais faite et qu'il n'a jamais refaite, vous pouvez me croire. Et la palourde le mord! Je ne plaisante pas. John se met à hurler et essaye de sortir son doigt de la palourde, mais elle se cramponne au bout de son index et, finalement, elle l'arrache.

— Mais c'est horrible! dit Amanda.

— Un peu que c'est horrible, lui répondit Tante Sally. Le pauvre gamin manque de s'évanouir. Il a perdu un petit bout de doigt et il saigne abondamment. Il remonte en courant jusqu'à la maison, se rue à l'intérieur, pleurant, hurlant, et mon père, votre Grand-papa Willie, dit en voyant son doigt: «Mon Dieu, mais comment est-ce arrivé, fiston?» John répond, toujours en larmes: «C'est une palourde qui m'a mordu!» Votre Grand-papa Willie était le meilleur homme sur terre. Il n'y avait personne de plus gentil, de plus attentionné ou de mieux aimant. Et, bien qu'il fût parfois un peu long à la détente, quand il s'aperçut de ce qu'une quelconque palourde avait fait à son fils, il vit rouge. Il prit la carabine qu'on gardait pour se défendre contre les couguars et les ours et il se précipita à la plage, trouva la palourde et l'abattit.

— Comment il a su laquelle c'était? demanda Pee Wee.

— Eh bien, c'était celle qui avait un petit bout du doigt de John qui dépassait de la bouche. Pendant ce temps, votre Grand-maman Evelyn emmène John chez le Dr Hanson, qui lui recoud le doigt et dit qu'il va guérir sans problème, mais qu'il ne faut pas que John s'en serve pendant quelques mois. C'est à ce moment-là que John se rend compte : pas d'examen. Il est sauvé. Oncle John passe sa première nuit tranquille depuis des mois. Son professeur et lui doivent expliquer à l'examinateur qu'il a été mordu par une palourde, ce que bien sûr personne ne veut croire au début, mais il a un certificat médical et voilà, c'est la fin de l'histoire. Finalement, John a réussi à surmonter sa peur de la gamme harmonique en *si* bémol mineur et il est devenu un assez bon violoniste, en même temps qu'il a appris que, quand on a peur de quelque chose, mieux vaut y faire face que de subir à cause de ça une morsure de palourde.

— Et plus personne n'a jamais mis son doigt dans une palourde, ajouta Melissa.

— Tout le monde s'y est mis, au contraire. Crois-tu que John était le seul enfant à redouter cet examen de musique ? Les violonistes sont tous descendus sur la plage, les pianistes ont enduit leurs doigts de nourriture pour chat et sont allés dans la forêt, à la recherche d'un couguar qui les morde. On a même vu un joueur de trompette chercher un ours pour l'embrasser. En fait, sur l'île de Vancouver, on pouvait savoir la date de l'examen de l'Académie royale de musique rien qu'en regardant le nombre d'enfants qui cherchaient à se faire mordre, à la plage et dans les bois.

— Tu dis ça pour rire, dit Melissa.

— De toute façon, c'est comme ça que je me le rappelle, reprit Tante Sally. C'est comme ça que c'était, au printemps 1967. Je pourrais continuer à vous raconter encore et encore, mais il est quatre heures et demie et...

Tante Sally s'interrompit et admira ses chefs-d'œuvre :

— Est-ce que ces coiffures ne sont pas géniales ?

Melissa et Amanda contemplèrent leurs gratte-ciel de cheveux.

— J'aimerais bien avoir des boucles d'oreilles qui se balancent, comme les tiennes, dit Melissa.

— Tu ne pourrais pas les porter pendant que tu joues du violon. Je me souviens que le professeur de John faisait toujours enlever tous leurs bijoux aux filles avant un concert.

— Alors Oncle John jouait vraiment du violon? l'interrogea Amanda.

— Évidemment. Et il s'est vraiment fait mordre par une palourde. C'est ça, le Canada. Notre devise est : « *Orus palourda morsus o enragus morsus.* » Ça veut dire grosso modo : «Méfie-toi de la palourde.» Allez, Frank, on va chercher un atlas et tu verras où se trouvent tes voisins septentrionaux.

— Je parie que tu vas faire des cauchemars, Pee Wee, à cause de toutes ces palourdes enragées, dit Melissa.

— C'est sûr, et à cause des enfants qui essayent de se faire arracher les mains par des ours et des couguars, ajouta Amanda.

— Je sais très bien que Tante Sally a inventé toute cette partie de l'histoire, leur répondit Pee Wee, délaissant le monstre qu'il avait dessiné pour aller chercher un atlas avec Tante Sally.

— Bien sûr qu'il le sait, dit Tante Sally. Parce qu'il est beaucoup plus intelligent que vous ne croyez. Je pense même qu'il l'est assez pour devenir président des États-Unis quand il sera grand.

— Je n'irai jamais mettre mon doigt dans une palourde, ça c'est clair, rigola Pee Wee.

— Ne dis jamais que ça ne t'arrivera pas. Tu n'as aucune idée de ce qui peut t'arriver. N'oublie jamais, jamais, ça.

Un frisson des plus soudains parcourut les filles, comme une brise inattendue peut parfois altérer la surface d'un lac, et puis il cessa.

— Allez, Frank, dit Tante Sally, et elle l'emmena chercher l'atlas.

LES LÉGUMES VERTS

Pendant que Melissa faisait du violon, Amanda essayait tous les bijoux de Tante Sally, Pee Wee finissait l'ombre à paupières en achevant son dessin et Tante Sally préparait le dîner. À six heures, quand elle appela les enfants pour se mettre à table, ils arrivèrent dans la cuisine, jetèrent un coup d'œil, reniflèrent, et aussitôt leur mère leur manqua terriblement. Dans leurs assiettes, il y avait des haricots verts et une étrange mixture de poulet. C'était rouge, gras et extrêmement éloigné de ce que leur mère leur préparait à manger, mais ils étaient beaucoup trop bien élevés pour le faire remarquer. Amanda et Melissa se forcèrent à sourire, deux sourires faux mais courageux.

Pee Wee dit :

— Je ne mange jamais de haricots verts.

— Ça a l'air bon ça, qu'est-ce que c'est ? l'interrompit aussitôt Melissa.

— C'est du poulet au paprika, répondit Tante Sally. Miam-miam.

— Je ne mange jamais aucun haricot, répéta Pee Wee.

— Oh, du poulet au paprika! enchaîna rapidement Amanda. C'est un plat canadien?

— Non, si vous voulez manger un plat canadien, je vous ferai une tourte au sucre, répondit Tante Sally.

— C'est quoi, une tourte au sucre? demanda Melissa.

— Oh! oh! oh! Jamais de haricots, dit Pee Wee.

— C'est au sirop d'érable, répondit Tante Sally à Melissa.

— Jamais de haricots du tout, répéta Pee Wee.

— Tu as raison. C'est mauvais pour la santé. C'est ce que disait toujours le Dr Hanson, notre vieux médecin de famille. Bon, c'est pas grave.

Et elle fit glisser les haricots de Pee Wee de son assiette dans la sienne.

— Ce n'est pas très bon pour la santé? dit Melissa. Mais quel genre de médecin dit des choses pareilles?

— Le genre qui se pose cette question: si la vie doit être courte, doit-elle pour autant être désagréable? Les vitamines contenues dans un haricot ne valent pas la peine de se fatiguer à manger ce mets redouté. Bien sûr, votre mère a expressément écrit que je dois vous faire manger des légumes, mais je ne vois pas vraiment comment faire ; qu'est-ce que vous en pensez ?

— Tu as raison, dit Amanda.

— Veux-tu les miens aussi ? lui demanda Melissa.

— Comme c'est gentil de ta part de me le proposer, Melissa. Comme il n'y a dans la maison qu'un nombre limité de haricots verts, n'est-ce pas juste qu'ils soient pour ceux qui les adorent plutôt que pour ceux qui les détestent ?

— Dans ce cas, prends aussi les miens, dit Melissa, faisant passer ses haricots dans l'assiette de Tante Sally.

— Ah ! dit Tante Sally, et elle prit délicatement un haricot entre le pouce et l'index et se mit à tracer des boucles dans l'espace avant de le grignoter, petit morceau après petit morceau, avec un plaisir non dissimulé. Maintenant que nous avons résolu le problème des haricots, nous pouvons nous détendre.

Les enfants, qui avaient gagné si facilement la guerre des haricots, mangèrent leur poulet au paprika sans rechigner et sans même y penser.

— Maman me force toujours à manger mes haricots, dit Pee Wee.

— Certainement, certainement, lui répondit Tante Sally. Mais c'est, très certainement, une excellente mère. Alors que moi, comme vous pouvez le constater, je ferais une très mauvaise mère. Mes enfants à moi auraient très certainement la gangrène et le scorbut. Bizarrement, j'ai toujours été impressionnée par votre Grand-oncle Louis, qui était venu pour deux semaines et resta six ans. Lui aussi nous faisait toujours finir nos haricots, à nous, les enfants. Pour notre santé. Et nos roseaux, parce qu'au Canada on mange les roseaux comme légumes, cuits à la vapeur et servis avec une noix de beurre. Et il fallait aussi manger des becs-de-flûte, et des algues, et certains buissons quand c'était la saison. Moi, j'en avais vraiment assez des buissons. Mais votre Oncle Edward, ce qu'il détestait plus que tout, c'étaient les becs-de-flûte. Est-ce que vous en avez déjà mangé?

— Non, lui répondit Melissa.

— Eh bien, c'est vraiment dommage, parce qu'il se trouve qu'ils ressemblent très exactement à des becs de flûte, au bout dans lequel on souffle. C'est pour ça qu'ils s'appellent becs-de-flûte. Ils font sans aucun doute partie des légumes les plus attrayants. On a l'impression qu'ils font tout pour avoir un vrai goût de vitamines. On en mangeait beaucoup, frais ou surgelés. Edward les méprisait. Il les méprisait mais, malheureusement, votre Grand-oncle Louis, qui était venu pour deux semaines et resta six ans, avait une réelle passion pour la santé.

32

Tous les matins, il nous réveillait à six heures pour nous faire faire de l'exercice. Il s'agissait entre autres de toucher nos orteils. Les jours de très grande forme, il fallait même toucher ceux des autres. Nous devions tous boire seize verres d'eau par jour et ronger des bâtons, pour les fibres. Il y avait toujours un saladier plein de petits bâtons dans le salon et, après le dîner, nous devions nous y installer pour en grignoter quelques-uns. Eh bien, de tout cela, Edward n'avait cure, ce qui lui posait problème, c'étaient les becs-de-flûte. Il refusait de les manger, parce qu'il leur trouvait un goût de… Enfin, bref, il n'aimait pas ça.

Tante Sally prit un haricot vert et le fit glisser sous son nez, comme un bon cigare, puis elle en lécha délicatement le bout.

– Un soir où nous mangions des becs-de-flûte, Edward dit (Frank, tu apprécieras) : «Je ne mangerai pas ces becs-de-flûte.» Grand-oncle Louis le regarde et dit : «Quoi?!»

Tante Sally hurla si fort que les enfants sursautèrent. Ils avaient fini de manger et observaient la dévotion que Tante Sally portait aux haricots verts. Pour l'instant, elle se curait les dents avec l'un d'entre eux. Les doigts de Melissa la démangeaient, elle voulait un haricot. Un haricot pour jouer avec. C'en était presque insupportable. Elle essaya de jouer avec sa fourchette, mais ce n'était qu'un pauvre ersatz. Allait-elle oser demander un haricot vert à Tante Sally? Elle n'osa pas.

— Edward dit: «Plus jamais de ma vie je ne mangerai de becs-de-flûte.» Grand-oncle Louis, qui était venu pour deux semaines et resta six ans, se leva alors et hurla: «Mais qu'est-ce qu'il a, ce garçon, Evelyn? Est-ce qu'il refuse d'être en bonne santé? Est-ce qu'il n'apprécie pas ce que son Oncle Louis a fait pour cette famille en lui donnant de saines habitudes alimentaires? Écoute-moi bien, Edward, tu ne sortiras pas de table avant d'avoir mangé ces becs-de-flûte jusqu'au dernier; et tu verras, un jour tu me remercieras.»

Tante Sally s'arrêta pour manger deux haricots en même temps, un à chaque coin de la bouche. Elle avait l'air d'un éléphant de mer en train de grignoter ses propres défenses. Pee Wee entreprit de lui subtiliser deux haricots, mais il s'arrêta en chemin: il savait qu'il ne fallait pas se servir dans l'assiette des autres, surtout quand c'était des invités. Il se mit alors à tordre sa serviette dans tous les sens. Personne ne lui avait jamais dit qu'on pouvait jouer à l'éléphant de mer avec des haricots. Cela éclairait d'un jour totalement nouveau la question des haricots.

— Votre Grand-maman Evelyn ne voulait pas

contredire un adulte, et encore moins un invité, fût-il son propre frère, elle resta donc assise sans réagir. Elle et Grand-papa Willie envisageaient la vie d'une façon assez insouciante, et cette histoire de ne pas sortir de table avant d'avoir fini ses becs-de-flûte n'était vraiment pas leur genre. Elle essaya donc de changer de sujet, espérant que Grand-oncle Louis, qui était venu pour deux semaines et resta six ans, allait oublier toute cette affaire. Elle proposa qu'on se lève de table pour aller tranquillement grignoter quelques bâtons dans le salon, mais Grand-oncle Louis ne l'entendait pas de cette oreille. «Evelyn, dit-il, il faut inculquer à ce garçon de saines habitudes alimentaires.»

Le soleil s'était couché et la cuisine était chaude et accueillante dans la lumière de la lampe. En temps normal, les enfants auraient déjà fait la vaisselle et seraient installés devant la télévision. Au lieu de quoi, ils restaient sagement assis autour de la table, les jambes croisées dans leur position préférée, à écouter les histoires de Tante Sally et à la regarder manger ses haricots. À ce moment-là, elle en tenait un comme un pinceau et s'en servait pour se gratter le bout du nez.

— Edward répéta qu'il ne mangerait jamais ses becs-de-flûte et qu'il en concluait qu'il ne quitterait jamais la table. Grand-oncle Louis lui répondit qu'il en concluait que personne ne quitterait la table, puisqu'il était hors de question que quiconque bougeât avant que lui, Edward, n'ait fini ses becs-de-flûte. Et personne ne bougea.

Tante Sally suspendit son récit pour renverser la tête en arrière, lever une main très haut et laisser tomber des haricots dans sa bouche grande ouverte, les uns après les autres, sans jamais manquer son but. Elle pourrait faire un spectacle formidable à un anniversaire, songeait Amanda.

— Et là, je suppose qu'il se passa quelque chose dans la tête d'Edward, puisqu'il se dressa, debout sur sa chaise, et se mit à hurler: «JE NE MANGERAI PAS CES BECS-DE-FLÛTE, UN POINT C'EST TOUT!» Et il fit un bond formidable par-dessus la table, éclaboussant Lyla de purée et projetant John par terre. Grand-oncle Louis le suivit aussitôt, rapide comme l'éclair, attrapant au passage une poignée de becs-de-flûte, qu'il agitait au-dessus de sa tête en criant: «Reviens, reviens tout de suite et mange ces becs-de-flûte, espèce de pignouf!»

Et Grand-maman Evelyn de répéter: «Oh non, ce n'est pas un pignouf, n'est-ce pas, Louis?» sur un ton égal. Grand-papa Willie, qui semblait toujours un peu distrait, murmura: «Hummm, vraiment, je ne pensais pas que des becs-de-flûte pouvaient provoquer un tel bazar. Des becs-de-flûte, hummm.»

Edward fonça au troisième étage, sortit par la fenêtre de sa chambre et commença à descendre par la gouttière. Grand-oncle Louis, qui était venu pour deux semaines et resta six ans, le talonnait, renversant tous les meubles sur son passage et criant: «Edward, ne me fais pas sortir de mes gonds.» Ils glissèrent le long de la gouttière, s'arrachant la peau au passage, et Grand-oncle Louis finit par atterrir sur Edward. Il se pencha sur le garçon qu'il écrasait, lui agitant sa poignée de becs-de-flûte sous le nez, et lui dit: «Fiston, ne sais-tu donc pas ce qui est bon pour toi?» Edward était naturellement beaucoup plus jeune et beaucoup plus vif que lui et il arriva à rouler hors de sa portée pendant que Grand-oncle Louis, qui s'était foulé une cheville, tentait de lui fourrer les becs-de-flûte directement dans la bouche, hurlant: «C'est plein de vitamines, fiston! C'est plein de vitamines!»

Edward courut droit à la vieille barque que l'on gardait sur la petite rivière qui traversait notre terrain. Grand-oncle Louis le suivait toujours, boitillant sur sa cheville foulée. Edward lui aurait échappé si une famille de ratons laveurs n'avait pas élu domicile dans notre barque: quand Edward sauta dedans, ils jaillirent tous de sous les sièges. Les ratons laveurs se mirent à pousser toutes sortes de cris, et le papa raton mordit Edward à la jambe. Celui-ci, rendu hystérique par cette attaque soudaine, se mit à sautiller sur place, ce qui laissa juste le temps à Grand-oncle Louis de bondir dans la barque d'un saut olympique, répétant: «Et les fibres, fiston! Pense aux fibres. Tu es donc fou pour ne pas manger toutes ces fibres, espèce de petit antiherbivore!»

Edward, déboussolé par la morsure du raton laveur, ne devait pas vraiment avoir les idées claires car il attrapa les rames et se mit à ramer de toutes ses forces, emmenant Grand-oncle Louis avec lui. Les mouvements d'Edward furent si soudains qu'ils firent dangereusement tanguer le bateau. Grand-oncle Louis perdit l'équilibre et faillit passer par-dessus bord, au lieu de quoi il se prit le bord du bateau en plein dans l'estomac; le souffle coupé, il eut de violentes nausées avant de pouvoir articuler: «Fait les cheveux brillants, aussi. Imagine toute la brillantine que tu pourras économiser!» Évidemment, Edward ignorait ce qu'était la brillantine, qui était passée de mode depuis longtemps.

— Qu'est-ce que c'est? lui demanda Pee Wee.

— Du gras pour les cheveux, lui répondit Tante Sally. Mais le bateau était plein de trous et il coula rapidement, sans que Grand-oncle Louis ne lâche sa poignée de becs-de-flûte. Edward, qui avait les mains libres, nagea rapidement jusqu'à la rive. Bien sûr, ils étaient tous les deux en hypothermie, étant donné que c'était l'hiver et que la rivière était glacée. Edward se hissa hors de l'eau et s'enfuit. Oncle Louis coulait, parce qu'il refusait de lâcher sa poignée de becs-de-flûte, mais il réussit encore à crier à Edward qui s'enfuyait: «Est-ce que tu as essayé avec un peu de beurre? Et une pincée de sel et de poivre?»

Edward se retourna pour voir Grand-oncle Louis, dont la phrase s'était terminée par un «blub, blub, blub» alors qu'il buvait la tasse pour la troisième fois, et comme il ne regardait pas devant lui, il ne vit pas la racine sur laquelle il trébucha. Il s'étendit de tout son long et s'ouvrit la tête, qui était venue buter sur une pierre cachée dans l'herbe. Grand-papa Willie et Grand-maman Evelyn réussirent finalement à les rattraper et à les traîner d'abord jusqu'à la maison, ensuite chez le médecin. Quand ils arrivèrent chez le pauvre Dr Hanson, celui-ci ne sut pas par où commencer: par l'hypothermie, la cheville foulée, la morsure du raton laveur, la peau arrachée, la presque noyade ou la tête ouverte.

— Excuse-moi, l'interrompit Melissa, est-ce qu'il reste des haricots dans la casserole?

— Non, je ne crois pas, lui répondit Tante Sally, qui se servait alors de deux haricots comme d'aiguilles à tricoter, un point à l'endroit, un point à l'envers. «Mon Dieu, fit le Dr Hanson, mais qu'est-ce qui vous est arrivé?» Grand-maman Evelyn lui raconta donc toute l'histoire des becs-de-flûte par le menu. «Vitamines?» grommela ce qui restait de Grand-oncle Louis. Et c'est là que le Dr Hanson dit: «Vu le résultat, c'est surtout mauvais pour la santé.»

Tante Sally avala le dernier haricot vert, sourit et rota.

— Excusez-moi, dit-elle.

— S'il te plaît, est-ce que tu peux nous faire des haricots? demanda Amanda.

— Des haricots, Amanda? Certainement pas, parce que tu sais ce que ça nous ferait: des amandaricots, des haricots aux amandes, répondit Tante Sally, s'esclaffant si fort qu'elle en tapa sur la table.

— Je veux des haricots et je veux encore des histoires, dit Pee Wee en se penchant vers Tante Sally qui riait encore, le front posé sur la table.

— Il nous faut des haricots, beaucoup de haricots, ajouta Melissa, qui voulait elle aussi tricoter, un point à l'endroit, un point à l'envers.

— Vous êtes vraiment les enfants les plus bizarres que je connaisse, leur répondit Tante Sally. Si vous vouliez des haricots, pourquoi m'avoir donné les vôtres? Il n'y en a plus maintenant, votre mère n'en a laissé qu'un seul sac. Pourquoi vous ne mangeriez pas de la glace plutôt?

— Est-ce qu'on ne pourrait pas aller à l'épicerie? On a le temps avant de se coucher, proposa Amanda.

— C'est trop loin pour qu'on y aille à cette heure-ci. Et en plus, c'est sûrement fermé, lui répondit Tante Sally.

— On peut toujours vérifier, dit Pee Wee.

— Attendez, peut-être qu'on peut s'en faire livrer, dit Melissa. Sur les pizzas par exemple, est-ce qu'on en met?

— On met des poivrons, lui répondit Amanda, mais ce n'est pas vraiment la même chose.

— Peut-être qu'il y en a des boîtes dans le placard, dit Amanda, et elle grimpa sur une chaise, puis sur l'évier pour fouiller sur les étagères les plus hautes.

— Peut-être qu'il y en a dans le grand congélateur, dit Melissa, et elle courut à la cave.

— Peut-être qu'il y en a dans le réfrigérateur, cachés derrière d'autres choses, dit Pee Wee, et il ouvrit le réfrigérateur et se mit à jeter son contenu par-dessus son épaule, faisant la chasse aux haricots cachés.

— Hééé! fit Tante Sally quand un hareng lui atterrit sur le pied.

Mais personne ne trouva de haricots.

— Il est très tard, dit Tante Sally. Votre mère a écrit juste là que Frank doit être au lit à sept heures et demie.

— Pas de haricots, dit Melissa.

— Ça m'énerve. Je ne sais pas si je vais réussir à m'endormir ce soir, dit Amanda, ses doigts la démangeant toujours, attendant un long haricot vert pour jouer avec.

— Est-ce que tu pourras en racheter demain, s'il te plaît, s'il te plaît? lui demanda Melissa, alors qu'elle montait dans sa chambre avec Amanda et que Pee Wee allait au lit.

— Mon Dieu, j'ai vraiment l'impression d'être une brute, d'avoir mangé tous les haricots, dit Tante Sally. En plus le planning extrêmement précis de votre mère prescrit des brocolis pour demain.

— On ne peut pas faire l'éléphant de mer avec des brocolis, dit Pee Wee.

— On ne peut pas tricoter avec des brocolis, dit Amanda.

— On ne peut pas non plus se gratter le bout du nez avec, dit Melissa

— Je ne mangerai pas de brocolis, dit Pee Wee.

— Ça en fera plus pour moi, conclut Tante Sally.

Danger sur l'île de Vancouver

Pendant que Tante Sally mettait Pee Wee au lit, Melissa et Amanda tournaient en rond devant la porte de sa chambre avec une seule idée en tête : surtout, ne pas manquer d'histoire.

— Pourquoi Papa ne nous a jamais parlé de la morsure de la palourde ou de Grand-oncle Louis qui était venu pour deux semaines et qui resta six ans ? demanda Pee Wee à Tante Sally.

— Je ne sais pas trop, lui répondit Tante Sally, mais je pense que c'est à cause du vœu solennel.

— C'est quoi un vœu ? demanda Pee Wee.

— C'est une promesse, Pee Wee, lui indiqua Melissa, et maintenant chut.

— Quelle promesse ? demanda Pee Wee.

— Vous n'avez jamais remarqué que les Américains ne savent vraiment rien sur le Canada ? C'est vraiment comme un mystère pour les gens d'ici, dit Tante Sally.

— Moi, je l'ai remarqué, dit Melissa.

— Pourquoi c'est comme ça? demanda Amanda.

— Parce qu'on a choisi que ça soit comme ça, leur dit Tante Sally. Tous les matins, on prononce tous le vœu solennel de ne rien révéler aux Américains de ce qu'on fait là-bas.

— Et qu'est-ce que vous faites là-bas? demanda Melissa.

— La fête! répondit Tante Sally.

— Non! s'étonna Melissa.

— Je le crois pas! s'écria Amanda.

— Aussi loin que je me souvienne, la fête, jour et nuit, assena Tante Sally.

— Et c'est quel genre de fête? s'enquit Pee Wee.

— Le genre avec des petits sablés, l'informa Tante Sally.

— Ah, ce genre-là, répondit Pee Wee. Et pourquoi ils veulent pas qu'on soit au courant de leurs fêtes?

— Pour une très bonne raison. Le Canada est un grand pays, géographiquement parlant, mais il n'est pas aussi peuplé ni aussi influent que les États-Unis, et les Canadiens ont toujours l'impression que les Américains sont de vraies personnes vivant de vraies vies et qu'eux-mêmes ne sont que les ombres ou les fantômes de ces vraies personnes qui vivent plus au sud. Ça les inquiète. C'est pour ça que dans les centres commerciaux près de la frontière, les Canadiens errent, l'air terrifié. Ils se dévissent le cou pour regarder ce que font les Américains. Ils se retiennent de sauter dans les Caddie et de faire la course dans les allées. Ils réfrènent leur désir de se jeter sur les présentoirs pleins de vêtements. Parce qu'ils ont peur que les Américains pensent qu'ils sont idiots.

— Moi, les Canadiens, je n'y pense jamais, les informa Pee Wee.

— Oui, *et c'est bien ça qui nous rend fous.*

— J'ai faim, dit Melissa.

— Moi-z-aussi, dit Amanda.

— Moi saucisse, dit Pee Wee.

— Espèce de petit ver répugnant, lui répondit Melissa, tu sais très bien que tu n'as pas faim, tu essayes juste de ne pas aller au lit.

— Excuse-moi, l'arrêta Tante Sally, mais peux-tu me donner une seule bonne raison expliquant pourquoi toi et Amanda pourriez avoir faim et Frank non?

— Il fait toujours des sales coups comme ça, lui répondit Melissa. Il essaye de rester debout toute la nuit.

— Il essaye de monopoliser Maman, ajouta Amanda.

— Ce n'est pas vrai, leur répondit Pee Wee.

— Tu ne sais même pas ce que ça veut dire, monopoliser, lui rétorqua Melissa.

— J'AI FAIM! dit Pee Wee.

— J'ai bien peur de ne plus avoir de haricots verts, leur dit Tante Sally. Mais je vais faire du chocolat chaud. Si tout le monde se couche, je vous l'apporte au lit.

— Il est vraiment très tôt pour que je me couche, jugea Melissa.

— Les filles, je vais encore vous parler du Canada. On va bien s'amuser: Tante Sally rend la géographie vivante! leur dit Tante Sally. Et demain, c'est à toi, Pee Wee, que je parlerai du Canada.

Tante Sally alla à la cuisine préparer une grande casserole de chocolat chaud, en apporta à Pee Wee puis se rendit dans la chambre que partageaient Melissa et Amanda. Elle installa une chaise entre les lits jumeaux et elles sirotèrent toutes les trois leur chocolat en écoutant tomber la pluie.

— La pluie qui tombe me rappelle toujours l'île de Vancouver, leur dit Tante Sally. Puisque votre papa ne vous en a rien dit, je suppose que vous ne savez pas qu'il y pleut toute l'année, sauf l'été, quand le soleil se montre et dessèche tout.

— Tu veux dire que, l'hiver, il ne neige pas? lui demanda Amanda. J'ai toujours cru que le Canada était couvert de neige.

— C'est vrai pour une grande partie du Canada. *Mon pays ce n'est pas mon pays, c'est l'hiver**. Vous savez ce que ça veut dire ?

Les filles firent non de la tête. Tante Sally leur expliqua et ajouta :

— On dit que ça explique beaucoup de choses sur les Canadiens, ces longs et sombres hivers. Sur l'île, nous avions des hivers longs, sombres et pluvieux, mais le Kouro Chivo… vous n'en avez probablement jamais entendu parler non plus ?

Les filles firent non de la tête.

— C'est un courant marin, de l'eau tiède qui arrive du Japon et qui réchauffe l'île, ce qui fait que, l'hiver, il y a de la pluie et du brouillard mais pas de neige.

— Ça doit être un peu déprimant, dit Amanda, qui pensait pas de luge, pas de patin à glace et pas de bonhomme de neige.

— Non, ça ne l'est pas, lui répondit Tante Sally. Vous savez à quoi ça ressemble ? C'est comme vivre sous l'eau. Est-ce que vous vous êtes déjà baignées, dans un lac ou dans la mer, un jour où l'eau était à une température si parfaite, où vous vous sentiez si bien dans cette eau qui s'enroulait autour de vos jambes, mouillait vos lèvres, ruisse-

* En français dans le texte.

47

lait de vos franges que vous vous êtes imaginé construire une petite maison sous l'eau, comme des sirènes, pour y vivre le reste de votre vie et ne jamais plus remonter? Et quand finalement votre mère vous a tirées sur la terre, parce qu'il fallait bien qu'elle rentre pour préparer le dîner, c'était insupportable de quitter la vie et le mouvement des vagues.

C'est comme ça que je me sens à la saison des pluies. Je suis à nouveau enfant et je nage, je nage, immergée, submergée par l'eau. Oh, quelle lassitude quand arrive juin et que le soleil brille sur des jours longs et poudreux, tous semblables les uns aux autres. En octobre, quand les premières cornes de brume annoncent le commencement des pluies, mon âme endormie par le long été s'éveille enfin.

— Eh bien! fit Melissa.

— Tu as vraiment un truc avec les mots, remarqua Amanda.

— Bref, quand votre père et moi étions petits, nous vivions au milieu des bois. Est-ce que vous connaissez les peintures d'Emily Carr?

Encore une fois, les filles firent non de la tête.

— Elle a peint les bois autour de chez nous. Les arbres immenses et sombres, les longs échos caverneux du silence. Les forêts de sapins qui descendent vers l'océan, là où les vagues s'écrasent sur les rochers. D'un côté, on voit les hautes montagnes Olympiques et de l'autre la ligne fantomatique et déchiquetée, couleur pourpre, des Cascades*.

— Ça a l'air idyllique, commenta Melissa, qui en connaissait un rayon sur les mots qui font impression.

— Ça l'était, dit Tante Sally. Et ça l'est toujours.

— Pourquoi Papa ne nous en raconte jamais rien ? l'interrogea Amanda. Je sais très bien que tu plaisantais avec cette histoire de vœu solennel.

Tante Sally termina son chocolat et lentement fit du regard le tour de la pièce.

— Bon, fit-elle, comme si elle ne savait pas si elle pouvait leur dire quelque chose.

Ou bien comme si elle ne savait pas comment formuler ce qu'elle voulait leur dire. Pour la première fois, Tante Sally avait l'air sérieux.

— Je ne veux pas en parler devant Frank. Comme vous me l'avez dit, il fait des cauchemars. Mais, à mon avis, c'est à cause des trolls.

Les filles continuèrent à siroter leur chocolat, attendant la suite. Amanda espérait que Tante Sally allait raconter une histoire de trolls aussi atroce que longue. Melissa voulait voir les yeux de Tante Sally,

* Les montagnes Olympiques et la chaîne des Cascades sont deux chaînes de montagnes qui bordent la côte continentale en face de l'île de Vancouver. (*N.d.T.*)

plus brillants que ceux des autres, briller encore plus. Mais Tante Sally regarda par la fenêtre, à travers laquelle on voyait la pluie tambouriner sur les feuilles jaunissantes du chêne.

— Je ne veux pas vous donner de cauchemars, les filles, à vous non plus, leur dit-elle.

— Pff, je ne fais jamais de cauchemars, lui indiqua Melissa.

— Moi non plus. Presque jamais, lui dit Amanda.

— J'adore vivre sur l'île de Vancouver, mais grandir là-bas était particulièrement merveilleux, commença Tante Sally sur un ton rêveur. Nous avions une grande et vieille maison en bardeaux le long de laquelle courait une véranda, entourée d'arbres sauf du côté où vivaient les Hoffner, nos voisins qui ne nous parlaient jamais. Nous avions dans notre jardin des chemins qui menaient à la mer et chaque matin, au réveil, je les descendais en courant pour aller voir l'océan. À tel point que j'avais l'impression que les marées n'existeraient pas sans moi. Chaque matin, l'océan est différent. Parfois il s'est retiré et a laissé une étendue de sable tassé sur lequel on peut marcher, pendant que les goélands cherchent les moules et les palourdes qu'ils ouvriront en les brisant sur les rochers. Parfois il est tiré jusqu'en haut de la plage, semblable au lit qu'on vient de faire. Parfois le soleil brille sur une eau étincelante, comme à l'aube d'un monde nouveau et parfois la brume, semblable à une douce peau de mouton, se déroule sur la plage.

Et j'adorais les bois aussi. Bien sûr, ils étaient pleins d'ours et de couguars. Moi, je n'ai jamais vu de couguars, bien que la plupart des gens que je connaisse en aient vu. Il m'est arrivé une fois de voir un ours noir; il traversait la route en courant, et il courait si vite que, ce jour-là, je me suis rendu compte que si jamais j'avais une altercation avec un ours (altercation... encore un mot pour toi Melissa), eh bien, ce serait lui qui gagnerait.

Aujourd'hui encore, l'office du tourisme fournit aux randonneurs une brochure sur les ours à laquelle ils peuvent toujours se référer pendant qu'ils courent pour sauver leur vie. Que faire quand vous rencontrez un ours dans les bois: inutile d'essayer de s'échapper en courant, ils vous préviennent que c'est forcément l'ours le plus rapide puisqu'il peut atteindre une vitesse de cinquante kilomètres à l'heure. Inutile de grimper à un arbre, les ours le font souvent.

Alors que faire si vous êtes un randonneur un minimum responsable et que vous voulez sauver votre peau? Pas la peine de faire le mort, l'ours s'attaquerait immédiatement à votre prétendu cadavre. Vous pouvez toujours essayer d'avoir l'air très fort, d'agiter vos bras au-dessus de votre tête en poussant des cris féroces.

Il est peu probable que ça marche, mais au moins vous aurez essayé. Leur meilleur conseil: essayez de ne pas rencontrer d'ours dans les bois et bonne randonnée. Quand je lis une de ces brochures, je me demande toujours quel est l'abruti qui a eu l'idée de faire imprimer un truc aussi inutile.

— Est-ce que tu as connu des gens qui se sont fait manger par des ours? lui demanda Amanda, vivement intéressée par la question.

— Non, lui répondit Tante Sally. Et j'ai toujours pensé que le fait qu'il y ait si peu d'attaques sensationnelles commises par les ours était une très grande source de déception pour celui qui distribue ces brochures. On en arrive à avoir l'impression qu'il vit dans l'attente du jour où on retrouvera toute une famille éviscérée.

— Ça veut dire quoi, éviscérée? se renseigna Amanda

— Éventrée, l'informa Melissa.

— C'est dégoûtant! s'indigna Amanda en retour.

— Pas la peine de mâcher nos mots, lui répondit Tante Sally. Bref, nous vivions au milieu de tous ces dangers naturels. À Sooke, qui n'était pas très loin de chez nous, il y avait même des loups. Il y en a encore. Imaginez un peu, à cette époque-là, à l'âge que j'avais. Je savais que tous ces dangers existaient, mais quand on aime les bois, on se contente de penser une fois de temps en temps à tous ces risques qu'on prend. Pas plus qu'on ne pense à la lame de fond qui peut s'écraser sur vous et vous emporter en pleine mer.

C'est arrivé à des gens que je connaissais, une sympathique famille, le père, la mère, les trois enfants, la grand-mère, les tantes et les cousins. Ils avaient emmené le grand-père à la plage, faire un pique-nique pour fêter ses soixante-quinze ans. Ils avaient ramassé leurs affaires et se dirigeaient vers le chemin pour remonter quand ils se sont retournés, juste à temps, pour voir le grand-père se faire emporter par une gigantesque lame de fond. Elle avait surgi derrière eux mais seul le grand-père qui traînait un peu était à sa portée. Elle l'a emporté aussi silencieusement que s'il n'avait jamais existé. Et c'est vrai qu'il n'a plus jamais existé. On n'a même pas retrouvé son corps. Joyeux anniversaire, Grand-père.

— C'est horrible! commenta Melissa.

— Ça ne donne pas envie de retourner à la plage, ajouta Melissa. Je vais faire des cauchemars sur les lames de fond.

— Oh, pour l'amour de Dieu, lui répondit Melissa, tu ne crois quand même pas qu'une vague géante va passer par-dessus sept États pour venir te chercher jusque dans l'Ohio!

— Ça, ça serait de la vague, conclut Tante Sally. Je pense que demain je vais construire une cabane dans un arbre pour Frank.

— C'est toujours lui qui a tout, pleurnicha Amanda.

— On est trop grandes pour avoir une cabane, lui rappela Melissa.

— Au Canada, le Premier ministre vit dans une cabane dans un arbre, les informa Tante Sally. C'est pour faire la preuve de son engagement en faveur des écureuils. On ne peut pas ne pas aimer un pays qui s'engage en faveur des écureuils.

— J'ai un peu froid, dit Amanda. C'est vraiment horrible, ce qui est arrivé à leur grand-père. C'est terrible de penser que quelque chose comme ça peut arriver, sous un ciel bleu et un grand soleil, et te faire disparaître.

— Je vois ce que tu veux dire, lui répondit Tante Sally, mais ce ne sont pas des catastrophes naturelles qu'il faut craindre. C'est plutôt celles qui sont à l'intérieur de toi, attendant le moment propice pour se produire, comme ce qu'Oncle John, Oncle Edward et moi avons fait à votre père. Mais il est tard. Regardez, il est neuf heures passées et cette liste si détaillée que votre mère m'a laissée précise que l'extinction des feux est à neuf heures dernier délai. Si je commence cette histoire-là, il sera largement plus de dix heures avant que je ne la termine.

La nouvelle Mrs Gunderson

Le jour suivant, en rentrant de l'école, les enfants entendirent des coups de marteau. Ils trouvèrent Tante Sally dans le jardin derrière la maison, à cheval sur une branche du vieux chêne.

— Je n'ai pas eu le temps d'acheter des haricots verts, mais j'ai presque terminé la cabane de Frank, leur dit-elle, la bouche pleine de clous.

— Youpi! s'écria Pee Wee, et il grimpa immédiatement à l'arbre pour inspecter sa nouvelle cabane.

— Eh bien, entre, mon chou, lui proposa Tante Sally. Tout ce dont tu as besoin maintenant, c'est d'une grande pancarte bien odieuse, genre: «Cabane de Frank, interdit d'entrer», ou: «Interdit aux filles».

— Hééé! l'interrompit Amanda, ne lui donne pas des idées pareilles.

— Ouais, ajouta Melissa, des idées, il en a assez tout seul. On essaye de le faire rester humble.

Elle et Amanda se mirent à ricaner. Tante Sally et Pee Wee les ignorèrent.

— Je n'ai plus qu'à y mettre une touche finale et vérifier que la balustrade est solide.

— Mais je n'en ai pas besoin, lui répondit Pee Wee.

— Je ne veux pas que tu rencontres le même destin que Mrs Gunderson, lui dit Tante Sally.

— C'est qui ? lui demanda Amanda d'en dessous.

— C'était le chien qui vivait chez les voisins. Mais votre père vous a certainement parlé de la nouvelle Mrs Gunderson ?

— Non, jamais, lui répondit Melissa.

— Eh bien, à côté de chez nous vivaient les Hoffner, une famille d'immigrés allemands qu'aucun de nous n'aimait beaucoup. Ils se tenaient toujours très raides, comme s'ils avaient tous un torticolis permanent, et, dès qu'ils nous apercevaient, ils nous lançaient des regards suspicieux, ce qui, sachant que nous vivions plus ou moins isolés avec eux dans les bois, était franchement peu sympathique de leur part. De toute façon, notre maison débordait toujours de monde et d'activité, et nous ne courions pas après leur compagnie, ce qui fait que, grosso modo, nous les ignorions.

— Il y avait Tante Lyla, dit Melissa.

— Et Oncle John et Oncle Edward, ajouta Pee Wee.

— Et toi et Papa, ajouta Melissa. Et Grand-maman Evelyn et Grand-papa Willie.

— Et n'oublions pas Grand-oncle Louis, qui était venu pour deux semaines et resta six ans. Et tout un assortiment d'invités, et Tante Hattie, qui venait le week-end. Mais, comme si ça n'était pas assez, nous voulions avoir un chien : et on a supplié, supplié, jusqu'à ce qu'un jour Grand-papa Willie nous en donne un. Un colley magnifique qu'on a appelé Tibby. Les voisins avaient un chien, eux aussi. Un berger allemand qui s'appelait Mrs Gunderson et que nous détestions unanimement. Elle bondissait hors de la maison et dévalait les marches de la véranda en aboyant comme une folle tous les matins, tous les soirs et chaque fois que quelqu'un sortait de chez nous. C'était une espèce de sale bête qui aboyait tout le temps. Elle aboyait contre notre chienne tous les matins et terrifiait la pauvre petite chose. On s'attendait vraiment à ce que la voisine, Frau Hoffner, donne Tibby à manger à son berger allemand à la première occasion et on faisait tout notre possible pour qu'elle n'approche pas de Mrs Gunderson.

Mais un jour, alors que nous promenions Tibby en laisse, nous sommes passés devant leur maison.

Frau Hoffner est sortie et a dit, avec son fort accent allemand: «Bonjour! *Wie geht's?* Quelle cholie petite chienne fous afez là!» Elle s'avança vers nous en se dandinant, laissant échapper des bruits maternels, et, en un instant, elle fut sur notre colley, et une caresse par-ci et un gouzi-gouzi par-là, et où l'avez-vous trouvée?... Je crois que c'est la première fois que nous l'avons vue sourire. Bon, nous ne savions vraiment pas quoi faire dans ce cas-là. Chaque fois que Frau Hoffner nous voyait passer avec notre petite chienne, elle souriait, nous faisait signe et tentait d'engager une conversation sur les chiens. Lyla, cette sainte, nous disait que c'était juste parce que nous avions trouvé le moyen de l'attendrir. Lyla n'a jamais vraiment eu la même attitude malveillante que nous vis-à-vis des Hoffner. Elle était persuadée que tout n'était qu'une question de malentendu en ce bas monde et qu'il s'agissait seulement de comprendre où était le malentendu pour que la paix descende sur notre terre, exactement comme s'il s'agissait de trouver la bonne clef pour pouvoir ouvrir un verrou. Elle s'imagina avoir déverrouillé Frau Hoffner: sa clef à elle, c'étaient les chiens. Apparemment, en achetant un chien, nous nous étions révélés à elle sous un jour nouveau, nous n'étions plus cette lie de l'humanité pour laquelle elle nous avait pris.

Edward et moi étions en fait persuadés qu'elle nous prenait toujours pour la lie de l'humanité et qu'elle nous utilisait simplement pour approcher Tibby. Néanmoins, c'était toujours mieux qu'elle nous fasse de grands signes amicaux de sa porte en hurlant force *wie geht's* plutôt qu'elle ne nous jette les regards pleins de dédain dont nous avions l'habitude. Son mari et ses quatre balourds de fils ne nous adressaient toujours pas la parole. D'ailleurs, il ne semblait pas qu'ils lui parlent, à elle non plus. Elle avait son grand jardin, auquel elle travaillait tout le temps, avec Mrs Gunderson qui aboyait comme unique compagnie, et c'était tout. Je pris donc l'habitude de lui lancer quelques *wie geht's* de temps à autre pour qu'elle ne soit pas totalement coupée de l'humanité.

Alors que tous ces changements intervenaient sur le plan humain du langage, sur le plan canin rien n'avait changé : dès qu'on laissait notre petite chienne sortir le matin, Mrs Gunderson déboulait de la véranda des Hoffner comme un boulet de canon. Un matin, j'entendis le lancement du boulet, un premier aboiement, suivi des hurlements et des gémissements atroces de Mrs Gunderson. On aurait dit que quelqu'un était en train de la torturer. On aurait dit que quelqu'un était en train de la dévorer. J'ai immédiatement pensé aux couguars et me suis ruée dehors pour m'assurer que Tibby ne ferait pas office de dessert. Presque toute la famille était déjà sur la véranda et regardait Frau Hoffner, agenouillée près du corps prostré de Mrs Gunderson.

«Est-ce qu'on peut vous aider, Frau Hoffner? lui demanda Grand-papa Willie. Qu'est-il arrivé à Mrs Gunderson?» «Elle est tombée de la terrasse! cria Frau Hoffner. Il faut qu'on l'emmène à la clinique vétérinaire. Ô mon Dieu, mon Dieu! Heinrich! Heinrich!» Et elle se mit à pleurer, de cette façon terrible qu'ont les adultes de pleurer.

Nous sommes tous restés là, mal à l'aise. Finalement, Heinrich apparut avec une couverture. Ils soulevèrent Mrs Gunderson et l'installèrent dans leur voiture.

Et rien de plus jusqu'au dîner. Toute la journée, Edward et moi avons fait des plaisanteries ignobles sur les béquilles de Mrs Gunderson, sur le fauteuil roulant de Mrs Gunderson.

Nous trouvions que cette chute alors qu'elle déboulait de la terrasse était le signe d'une espèce de justice poétique et nous espérions que, quand elle rentrerait de l'hôpital, elle serait immobilisée pendant quelques jours pour pouvoir réfléchir à sa conduite.

Au dîner, ce soir-là, Grand-papa Willie s'assit

et dit : «J'ai vu Frau Hoffner cet après-midi et elle m'a présenté la nouvelle Mrs Gunderson.» Il y eut un silence à table. «Mrs Gunderson s'est cassé la colonne vertébrale en tombant et on a dû la piquer. Frau Hoffner a acheté un nouveau petit chien, un colley cette fois-ci. Evelyn, tes pommes de terre sont délicieuses.»

Edward et moi, on s'est regardés. On se sentait vraiment mal. Pas une seule fois dans l'après-midi, pendant qu'on plaisantait, nous n'avions envisagé que Mrs Gunderson ait pu se tuer dans cette chute.

«Elle s'est cassé la colonne! Quelle horreur! dit Grand-maman Evelyn. Frau Hoffner doit être retournée. Ce chien avait vraiment l'air d'être tout pour elle.»

«Je dirais plutôt que notre chien avait l'air d'être tout pour elle», corrigea Robbie.

«Mais enfin, qu'est-ce que tu veux dire, Robbie?» demanda Grand-maman Evelyn.

«Tu n'as pas remarqué qu'elle adore Tibby?» lui demanda John.

«Oui, c'est vrai, elle a dit que si tout était à recommencer, elle prendrait un colley», admit Grand-maman Evelyn.

«Et maintenant c'est fait, dit Robbie. Elle a dû tout recommencer et elle l'a pris, son colley. Elle doit être contente.»

«Ne dis pas des choses comme ça Robbie, le supplia Lyla. Je suis sûre qu'elle en est malade de douleur.»

«Rien du tout; cette bonne femme est heureuse comme une palourde à la plage! J'l'ai vu aujourd'hui, elle chantonnait!» lança Grand-oncle Louis.

«Si Tibby mourait, je pourrais pleurer pendant des années, dis-je. Je ne pourrais même pas regarder un autre chien.»

«Tu sais, Sally, chacun fait son deuil à sa façon, expliqua Grand-maman Evelyn. Peut-être que Frau Hoffner a pensé qu'elle ne pourrait pas supporter sa maison sans un chien, et elle a pris un nouveau petit chien pour se changer les idées.»

«À mon avis, elle n'a jamais beaucoup aimé l'ancienne Mrs Gunderson», précisa Edward.

«Moi, je crois qu'elle l'aimait, reprit John. Juste, elle aimait plus notre chien. Et puis il y a le problème de la balustrade.»

«De quoi parles-tu?» lui demanda Grand-maman Evelyn.

«Si tu veux mon avis, on ferait bien de passer toute la famille par-dessus la balustrade. Voilà un spectacle que je paierais pour voir», lança Grand-oncle Louis en ôtant consciencieusement de sa moustache les restes de son dîner avec sa serviette.

«Louis, je t'en prie», dit Grand-maman Evelyn.

«Qu'est-ce qu'il y a pour le dessert?» demanda Grand-oncle Louis.

«Du gâteau de riz», lui répondit Grand-maman Evelyn.

«Pouah, je vais plutôt aller faire du camping sur l'île», dit Grand-oncle Louis, et il quitta la table.

«Quelle balustrade?» demanda Grand-maman Evelyn.

«C'est comme ça qu'elle a fait, tu sais, lui expliqua John. La chienne n'a pas trébuché en descendant les marches. Elle connaissait les escaliers sur le bout des pattes. Non, j'ai vu Frau Hoffner enlever toutes les balustrades hier soir.»

«Quelle horreur, commenta Grand-maman Evelyn. Je suppose qu'ils n'avaient pas encore mis les nouvelles balustrades et que cette pauvre chienne est tombée. C'est doublement terrible pour Frau Hoffner, elle doit se sentir tellement coupable.»

«Mais elle n'a pas installé de nouvelles balustrades, continua John. Je le sais parce que je me suis caché sur notre véranda hier, quand j'ai entendu des coups de marteau, et je l'ai regardée faire. Elle a remis les mêmes balustrades en place.»

Grand-maman Evelyn le fixa d'un air absent pendant quelques instants, pendant que tout le monde digérait cette nouvelle. Puis elle demanda très calmement : « Qu'est-ce que tu essayes de dire, John ? »

« Ce n'était pas un accident, souffla-t-il. C'était un meurtre. »

— Elle a assassiné son chien ? demanda Melissa, incrédule.

— C'est la balustrade qui m'a rappelé cette histoire, dit Tante Sally. Tu vois comme c'est important Frank ? Donc, ne les enlève pas, mon chou. Et maintenant, je ferais bien de m'occuper un peu du dîner.

— Elle a assassiné son chien ? répéta Amanda bien plus tard, alors qu'ils avaient fini de dîner et que les filles surveillaient Pee Wee qui rangeait la cuisine.

— Tu as oublié une tache, le tança vertement Melissa. Et ne réutilise pas le torchon pour essuyer les assiettes quand tu l'as laissé tomber par terre, espèce de petit porc.

— Est-ce que vous rangiez la cuisine quand vous n'aviez que six ans, vous ? s'enquit Tante Sally.

— Oui, répondit Melissa.

— Parfaitement, ajouta Amanda.

— Et on passait l'aspirateur.

— Et on faisait la poussière.

— Et on faisait nos lits.

— Et on ratissait les feuilles mortes.

— Et on portait plein de trucs superlourds.

— Je vois, dit Tante Sally. Allez, viens, Frank. C'est l'heure d'aller au lit. Je finirai ton travail plus tard, quand tout le monde sera couché.

Elle emmena Pee Wee, dans le dos duquel les filles faisaient des grimaces, avec l'intention de lui donner une leçon de géographie sur le Canada en le couchant.

Quand Amanda et Melissa allèrent au lit, Tante Sally vint s'installer sur le rocking-chair entre leurs lits.

— Raconte-nous l'histoire que tu as commencée hier soir, lui demanda Melissa.

— Oui, raconte comment c'était sur l'île de Vancouver quand tu étais petite, lui demanda Amanda.

— Raconte-nous encore des histoires de couguars, d'ours et de vagues géantes, lui demanda Melissa.

— Ah, les couguars, les ours et les vagues géantes! rigola Tante Sally. Ça, c'est rien. Ce soir, je vais vous raconter une histoire sur les trolls.

CE QU'AVAIT VU GRAND-ONCLE LOUIS

– Bon, dit Tante Sally quand elle fut installée sur le rocking-chair entre les lits jumeaux. Après que votre Oncle John nous eut fait part de ses soupçons au sujet de la balustrade, nous avons passé les quelques soirées suivantes à discuter avec passion de l'ancienne Mrs Gunderson et de la nouvelle, nous chamaillant pour savoir si oui ou non les Hoffner avaient assassiné leur chien. Nous étions privés de l'avis de Grand-oncle Louis, qui était venu pour deux semaines et resta six ans, parce que, après avoir quitté la table, il était parti camper et pêcher une semaine sur l'île de Cooter, qui est juste en face de notre plage. Ça lui arrivait de temps en temps, il disait que c'était pour sa santé physique, mais nous, nous pensions plutôt que c'était pour sa santé mentale, puisque à mon avis nous le rendions tout simplement fou. Il avait une réserve secrète de caramels Mackintosh dans sa chambre, et il l'emmenait toujours avec lui quand il partait sur l'île.

— C'est quoi des caramels Mackintosh? demanda Melissa.

— Oh, ce sont les meilleurs caramels du monde! Ce sont des barres larges d'au moins cinq centimètres. Ça se suce, ça colle aux dents et on finit en général couvert de caramel et de bave.

— Eh bien, ça ne m'a pas l'air très sain! fit remarquer Amanda.

— Je suppose qu'il le savait et que c'est pour ça qu'il les cachait dans sa chambre. Bien sûr, dès qu'il avait le dos tourné, nous, les enfants, on fouillait dans sa chambre. Je pense qu'on tentait par là de se venger de la vie si saine qu'il nous faisait mener parce que nous n'avons jamais rien fait de pareil à Tante Hattie, ni à aucun autre invité. Bref, le soir du jour où il était rentré de sa semaine de camping, nous étions tous à table en train de manger le hareng qu'il avait pêché et de discuter encore du meurtre de l'ancienne Mrs Gunderson quand il donna son avis: «Je dirais même plus. Cette bonne femme n'a pas emmené son chien chez le vétérinaire pour le faire piquer. Elle l'a donné aux trolls.»

«Aux quoi!» nous sommes-nous tous écriés en même temps.

«Aux trolls», répéta Grand-oncle Louis. Je les vois souvent quand je vais camper. D'habitude, ils ne sortent pas dans la journée. Mais quand ça leur arrive, ils sont difficiles à repérer parce qu'ils marchent le long des murets et qu'ils se confondent avec eux, vu qu'ils font grise mine. Pas de bouche, la peau ou plutôt le cuir noir comme la nuit, et les yeux comme des émeraudes. Quand ils ferment les yeux, ils deviennent les falaises sombres et accidentées, les creux des arbres brûlés, mais quand ils les ouvrent, on voit leurs yeux d'émeraude briller dans la noirceur de leur visage. "Donne-nous tes détritus, disent les trolls qui cherchent leur nourriture sur la plage, mais tu ne les reverras jamais."»

— Comment ils font pour parler s'ils n'ont pas de bouche? demanda Amanda.

— C'est exactement ce que votre Oncle Edward a demandé à Grand-oncle Louis, et vous savez ce qu'il a répondu?

— Quoi donc? demanda Amanda, le souffle coupé.

— Quoi donc? demanda Melissa, les yeux exorbités.

— Il a dit: «Mange tes roseaux et ferme-la.» Ce n'était pas toujours l'homme le plus patient ni le plus poli du monde. À ce moment-là, Grand-maman Evelyn est intervenue: «Arrête de faire peur aux enfants, Louis. Cesse de leur raconter des histoires de trolls. C'est des bêtises, tout ça.»

«DES BÊTISES? s'est écrié Grand-oncle Louis.
DES BÊTISES? C'est comme ça que tu juges quelque chose que j'ai vu de mes propres yeux? Eh
bien, ta Frau Hoffner ne croit pas que ce sont des
bêtises, elle. Le matin où Mrs Gunderson s'est
cassé la colonne vertébrale, je suis allé pêcher sur
l'île. J'étais là, en train de jeter mes lignes d'un
rocher, quand j'ai vu Frau Hoffner descendre le
pauvre animal à la plage. Les trolls sont arrivés,
ont pris Mrs Gunderson, et l'ont emmenée dans
leurs mains noueuses et déformées par le temps,
courbés sous le poids des ans et de leur fardeau.»

«Pourquoi tu ne nous l'as pas dit l'autre soir?»
demanda Edward.

«J'ai dit que j'avais vu cette bonne femme chan-
tonner, pas vrai?» dit Grand-oncle Louis.

«Tu n'as dit ni où, ni pourquoi, lui répondit
John. Et tu n'as pas parlé de trolls non plus.»

«J'attendais le bon moment», reprit Grand-
oncle Louis, et il se renversa sur le dossier de sa
chaise en nous regardant, les yeux mi-clos.

«Si elle allait donner sa chienne aux trolls,
pourquoi prendre la peine de lui casser la colonne
vertébrale?» s'enquit Edward.

«Parce que son esprit est malade! s'écria Grand-
oncle Louis. À cause du manque de légumes
verts!»

Edward émit un petit reniflement en signe de doute et Grand-oncle Louis beugla : «Sont-ce des roseaux que je vois dans votre assiette, jeune homme?»

«Et si nous en laissions tous un peu?» proposa Grand-papa Willie.

«Moi, je pense que Frau Hoffner a tout simplement été ravagée par la mort de Mrs Gunderson», dit Lyla.

«Bien court, ce ravage», commenta John.

«Oui, genre moins de vingt-quatre heures», ajoutai-je.

«Et je ne crois certainement pas aux créatures mythiques et absurdes que sont les trolls», reprit Lyla. C'était la plus âgée d'entre nous et elle avait depuis longtemps dépassé le stade des contes de fées.

«Il n'y a rien d'absurde là-dedans, jeune fille. Ils répondent à la partie la plus noire et la plus mauvaise de notre cœur», lui dit Grand-oncle Louis.

«Oh, s'il te plaît, Louis, arrête», lui demanda Grand-maman Evelyn.

«Les enfants devraient savoir ce que c'est que le mal, Evelyn, lui répondit Grand-oncle Louis. Pour se protéger de lui. Il faut être toujours vigilant. Et manger des légumes.»

Puis nous sommes tous allés dans le salon ronger quelques bâtons.

Nous étions en plein rongeage quand Grand-oncle Louis a dit: «J'en ai vu beaucoup, le cerveau malade du manque de légumes, traîner ceux qu'ils aimaient sur la plage pour les donner aux trolls.»

«Je ne pense pas que le révérend MacKinley ou n'importe quel autre pasteur apprécierait beaucoup cette conversation, Louis, dit Grand-maman Evelyn. Je suis persuadée qu'il y a assez de mauvaises choses terrifiantes dans le monde pour ne pas en plus inventer des trolls, pour l'amour de Dieu.»

«Le révérend MacKinley! Le révérend Mac-Kinley! C'est une bonne chose que tu ne sois pas une paroissienne de son église. Voilà un homme qui a abandonné un certain nombre de choses aux trolls», lui répondit Grand-oncle Louis.

«Louis, s'il te plaît», répéta Grand-maman Evelyn.

«Eh bien, Evelyn, si tu ne veux pas regarder la vérité en face, ce n'est pas ma faute», dit Grand-oncle Louis, et il attaqua deux bâtons à la fois dans un concert de craquements.

Ça ne dérangeait pas Grand-maman Evelyn qu'on ronge des bâtons mais elle n'aimait pas que Grand-oncle Louis en attaque deux à la fois et crache des éclats de bois dans le feu. Elle murmura quelque chose au sujet de vêtements à repriser et quitta la pièce.

«Qu'est-ce qu'il a abandonné aux trolls?» demanda Robbie.

«Ses femmes, pour commencer. Toutes les quatre, répondit Grand-oncle Louis. Des oiseaux de basse-cour, du compost, des harnais en cuir usés. Une fois qu'il a eu commencé, impossible de l'arrêter.»

«Pourquoi du compost? demanda John. Personne ne jette de compost.»

«Parce que les trolls en voulaient. Il avait construit une vraie petite amitié avec eux après sa femme numéro quatre. Ils l'avaient emmenée alors qu'elle... hurlait», dit Grand-oncle Louis.

«Oh, vraiment!» murmura Lyla, et cette fois-ci elle quitta le salon.

«Pourquoi il la leur aurait donnée? demanda Robbie. D'ailleurs, pourquoi leur aurait-il donné n'importe laquelle de ses femmes?»

«Eh bien, je suppose que c'est justement ça son petit secret, pas vrai? Passe-moi un autre bâton. Très bons, les bâtons ce soir.»

«Je n'y crois pas», renifla Edward.

«Et ça, c'était juste pour commencer, continua Grand-oncle Louis. Ensuite, il y a eu la famille

Billings. Ça, c'était vraiment une chose horrible à voir. J'étais sur l'île, espérant passer une soirée tranquille quand je vois descendre sur la plage la petite Amanda avec son ours en peluche. Elle le laisse pour les trolls et remonte en haut de la colline. J'ai secoué la tête d'un air désolé. Une innocente erreur de jeunesse? Non! Voilà une enfant, me suis-je dit, qui a repoussé trop souvent ses épinards. Ça lui a attaqué le cerveau. Ça a corrompu son être même. Ça a *dérangé* ses parents.»

«Qu'est-ce que tu en sais? demanda Edward. Peut-être qu'ils n'aiment pas les épinards non plus. Beaucoup de gens n'aiment pas les épinards.»

«Silence! Le soir suivant, c'est la baby-sitter d'Amanda qui est descendue de la colline en la traînant et l'a laissée pour les trolls. Le complot s'épaissit, me suis-je dit en moi-même. Une heure plus tard, M. et Mme Billings sont descendus à leur tour, traînant la baby-sitter. La baby-sitter criait: "Je ne voulais pas le faire. Mais elle n'arrêtait pas de me demander du jus! Combien de fois suis-je censée lui verser du jus?! Il est arrivé que je lui en verse et qu'elle ne le boive même pas!" Mais M. et Mme Billings n'en avaient rien à faire, de ses excuses. Ensuite, ce sont les parents de la baby-sitter qui ont amené M. et Mme Billings sur la plage. Ensuite, Grand-maman et Grand-papa Billings ont amené les parents de la baby-sitter sur la plage. La vengeance, voyez-vous, la vengeance les a rendus fous. Ensuite…»

«C'est complètement idiot! l'interrompit Edward. Tu ne peux pas traîner aussi facilement des adultes qui se débattent!»

«Tu parles comme quelqu'un qui ne mange pas ses roseaux. Si tu avais vu ce que j'ai vu! De vieilles femmes qui abandonnent leurs mères encore plus vieilles sur la grève! Des parents empilés sur la plage comme des boîtes de conserve! C'était une saison noire, le printemps de la Vengeance des Billings. Une épidémie. Toute la ville aurait pu y passer, avec comme seuls survivants ces charognards de trolls, mais quelque chose a tout arrêté.»

«Et quoi donc?» demanda Edward, sceptique.

«L'arrivée des asperges fraîches! Dix cents* la botte. Qui aurait pu résister? Très vite, tout le monde en a mangé. Ça a mis un point final à la folie.»

«Est-ce que tu essayes de nous dire que toute une ville a été sauvée de la folie par la nouvelle récolte d'asperges?» demanda John, secoué par des éclats de rire.

---

* Un dollar est divisé en cent cents et équivaut à peu près à sept francs. (*N.d.T.*)

«Oui, je l'ai vu de mes yeux vu, reprit Grand-oncle Louis, qui n'avait pas entendu John ou avait choisi de l'ignorer. Je l'ai vu de mes yeux de l'île de Cooter. *Et j'ai vu cette bonne femme descendre sa chienne sur la plage, la donner aux trolls et remonter la colline, en chantonnant.*»

Nous sommes restés assis un moment, silencieux, écoutant les craquements du feu. Finalement, Robbie a dit: «Je te crois, Grand-oncle Louis, je crois que Frau Hoffner a donné Mrs Gunderson aux trolls.»

«Hé, hé, Robbie, tu as toujours été le meilleur de la portée», lui répondit Grand-oncle Louis, ce qui n'était déjà pas très sympathique de sa part, mais en plus, il lui donna une barre de caramel Mackintosh. Bref, votre père était vraiment l'enfant gâté de la famille. John, Edward et moi, on s'est regardés, les mêmes sombres pensées rôdant dans nos esprits.

— Quelles sombres pensées? demanda Melissa.

— Pourquoi est-ce que tu ne finis jamais tes histoires? demanda Amanda.

— Bravo, maintenant je vais en faire, des cauchemars. Des trolls. C'est à cause de l'histoire sur leur bouche, dit Melissa.

— Est-ce que les portes sont fermées à clef? demanda Amanda.

— Fermer les portes à clef n'a jamais empêché les trolls de passer, lui rétorqua Tante Sally. Mais ne vous inquiétez pas, ce ne sont jamais les trolls qui viennent à vous. C'est votre propre noirceur qui vous mène à eux.

Elle se leva, éteignit les lumières, et les filles entendirent ses boucles d'oreilles s'entrechoquer pendant qu'elle descendait l'escalier.

Le concours d'affiches

Le soir suivant, au cours du dîner, principalement composé des haricots verts que Tante Sally avait achetés au marché le jour même, les enfants réclamèrent :

— Raconte-nous une histoire.

— Quelle genre d'histoire ? leur demanda Tante Sally.

— Une autre histoire de fantômes, lui répondit Melissa.

— Oh oui, encore une histoire de trolls, ajouta Amanda.

Tante Sally regarda Pee Wee et secoua la tête.

— En parlant de fantômes, en quoi allez-vous vous déguiser pour Halloween ?

— J'aimerais bien que tu sois là pour Halloween, regretta Amanda. Je suis sûre que tu aurais plein de bons trucs pour faire peur aux enfants qui viennent chercher des bonbons.

— Je ne fais jamais peur aux autres, lui répondit Tante Sally. Je considère comme mon devoir d'être l'effrayée, pas l'effrayeuse. Vous avez déjà acheté vos feux d'artifice?

— Des feux d'artifice? s'étonna Amanda.

— Pour Halloween? renchérit Pee Wee.

— On ne fait pas ça ici? s'indigna Tante Sally Oh là là!

— On tire des feux d'artifice pour le 4 Juillet*, la renseigna Amanda.

— Nous aussi, le jour de la fête nationale, le 1er juillet, leur répondit Tante Sally. Mais les feux d'artifice de Halloween, c'est autre chose. Chacun s'achète ses feux d'artifice. Les familles construisent des feux de joie, installent des feux de Bengale et des pétards un peu partout, si elles en ont les moyens. Les feux d'artifice, ça coûte cher. Nous, on n'avait jamais assez d'argent pour ça, alors on se glissait chez quelqu'un d'autre. Parfois, les gens allaient à la plage pour tirer un feu d'artifice sur la mer, et parfois on rencontrait des groupes dans le parc. En quoi vas-tu te déguiser pour Halloween, Frank?

— En méchante sœur, soupira Frank.

— En méchante sœur? répéta Tante Sally, interloquée.

* Le 4 juillet est le jour de la fête nationale américaine. (N.d.T.)

— On fait la méchante belle-mère et les méchantes sœurs dans *Cendrillon*. Moi, je fais la belle-mère, lui expliqua Melissa.

— Et si vous me montriez vos costumes? proposa Tante Sally.

— On ne les a pas encore, lui répondit Amanda. Ce qu'il y a dans le placard à déguisements ne suffit pas. Je vais te montrer le livre de contes. À quoi on veut ressembler.

Amanda monta en courant, prit son livre et l'ouvrit à la page de *Cendrillon*.

— Hummm, fit Tante Sally, l'œil critique, ça ne devrait pas être trop difficile à faire. Je pourrais aller acheter du matériel demain. Je n'arrive pas à remplir mes journées en attendant que vous rentriez de l'école. Je vais faire un croquis. Tu as du papier?

Quand Amanda eut apporté le papier, Tante Sally dessina, en quelques traits adroits, une merveilleuse robe de belle-mère. Puis elle regarda Amanda et lui dessina une robe sophistiquée.

— Et maintenant, Frank, je te dessine une robe?

— Je veux être en fantôme, dit Pee Wee.

— Chut, fit Amanda.

— La ferme, fit Melissa.

— Surveille un peu ton langage! fit Tante Sally.

— Elles ne veulent pas me laisser faire le tour des voisins avec elles si je ne mets pas une robe, lui expliqua Pee Wee.

— *Pee Wee!* le reprit Amanda.

— Je le retiens, ça, dit Melissa.

— Les filles, du calme, dit Tante Sally. Écoute, Frank, je vais te dessiner un beau costume de fantôme. On pourra même acheter du Scotch phosphorescent pour faire des motifs qui brillent dans la nuit.

Amanda regarda Pee Wee. Melissa regarda Pee Wee.

Pee Wee soupira.

— Fais-moi juste une robe, murmura-t-il.

— Je vais essayer de te faire une robe très masculine, Frank, le consola Tante Sally. Quelqu'un reprend des haricots?

Tous avaient assez mangé, et Tante Sally commença à ranger la cuisine après avoir envoyé Pee Wee se préparer pour dormir.

— Tu ne nous as pas raconté d'histoire, lui fit remarquer Amanda en l'aidant à remplir le lave-vaisselle.

— Laissez-moi coucher Frank d'abord.

Quand Frank fut endormi, Tante Sally rejoignit les filles dans leur chambre et s'installa sur le rocking-chair.

— Où as-tu appris à dessiner comme ça? lui demanda Melissa.

— Je n'ai jamais appris. C'est quelque chose que j'ai toujours su faire, comme ça. C'était plutôt une bonne chose parce que, quand j'étais petite, je croyais que c'était la seule chose qui me rendait spéciale. Je n'étais ni très jolie ni très intelligente. Je ne savais pas jouer du violon comme John, je n'étais pas une sainte comme Lyla, je n'avais pas le courage d'Edward et je n'étais pas le bébé de la famille comme Robbie. Jusqu'au moment où j'ai appris que je savais dessiner, je n'avais vraiment rien d'une enfant exceptionnelle.

Je l'ai appris quand j'étais en CE2. Tous les ans, l'école organisait un concours d'affiches sur le thème de la sécurité pendant les tremblements de terre. Il fallait dessiner une affiche représentant un des aspects des consignes de sécurité à respecter pendant un tremblement de terre. Je dois avouer que mon dessin était plutôt réussi, et j'ai gagné. J'étais tellement fière… Mon affiche a été exposée dans le hall de l'école, avec un beau ruban bleu épinglé dessus. Toute la famille est venue à l'école pour la voir. Grand-papa Willie a acheté de la glace pour le dessert ce soir-là et moi, moi, j'étais tout simplement la reine. J'ai gagné l'année suivante, et l'année suivante encore. Et puis, l'année d'après, Robbie a été assez grand pour concourir. Et c'est lui qui a gagné.

— J'ignorais que Papa savait dessiner, dit Melissa.

— C'est bien ça le problème, lui répondit Tante Sally. Il ne sait pas dessiner. Il ne sait pas maintenant, il ne savait pas à l'époque. Personne n'a trouvé sa victoire aussi incroyable que je l'ai trouvé, moi. Et pourtant, d'une certaine façon, j'avais été l'instigatrice de tout cela.

— Ça veut dire quoi, instigatrice? demanda Amanda.

— Organisatrice, et maintenant, tais-toi, lui répondit Melissa.

— Un soir que j'étais allongée sur le ventre, devant le feu, occupée à colorier mon affiche, Robbie est arrivé et m'a dit: «Je n'aime pas trop cette partie», en désignant un angle de mon dessin dont j'étais particulièrement contente. Ça représentait un immeuble qui venait juste de s'effondrer sur une classe de CE2 et on voyait plein de petits garçons écrasés et écrabouillés. C'était assez sanglant, et je trouvais ça très réaliste. Il a les nerfs fragiles, ce Robbie, ai-je pensé. Qu'est-ce qu'il y connaissait, à l'art?

«Ah! ai-je dit à Robbie. Si tu es si malin, pourquoi ne fais-tu pas ta propre affiche?»

Ça m'a un peu embêtée quand il est rentré de

l'école avec son papier pour l'affiche. J'ai trouvé ça pathétique qu'il croie ne serait-ce qu'une minute pouvoir gagner. Chaque fois qu'il travaillait sur son affiche, je le regardais avec un air condescendant de moquerie à peine réprimée.

«Après tout, lui ai-je dit un jour, c'est une chose de faire une affiche, c'en est une autre de gagner un concours.»

«Tu crois que j'ai une chance d'être deuxième?» m'a-t-il demandé.

Et moi je lui ai répondu: «Non, il n'y a pas de deuxième, et même s'il y en avait un, tu n'aurais aucune chance. Mais je suis contente que tu aies trouvé quelque chose pour t'occuper.»

Et bien sûr, vous savez ce qui est arrivé. Après sa victoire, je ne pouvais plus le regarder sans penser à cette conversation et me demander s'il y pensait aussi. J'ai commencé à sentir comme une pierre dans mon ventre.

Toute la famille est allée à l'école, comme chaque année depuis trois ans, sauf que cette fois-là, c'était *son* affiche qui était exposée dans le hall, avec un beau ruban bleu épinglé dessus. Je ne trouvais pas ça juste, qu'il soit le bébé de la famille et qu'en plus il gagne le concours. Et d'un coup, j'ai compris! Bon sang mais c'est bien sûr! Tout ça n'était qu'une erreur. Une terrible confusion! Ils s'étaient mélangé les pinceaux entre nos noms! Après tout, confondre les Anderson n'était pas une erreur si bizarre. Pas aussi bizarre en tout cas que de déclarer Robbie gagnant d'un concours de dessin.

Je suis donc allée voir la directrice pour lui demander si, par hasard, ils ne s'étaient pas trompés entre mon nom et celui de mon frère pour désigner le gagnant. Elle m'a répondu que non. La pierre est devenue un rocher.

J'ai attendu que Robbie dise quelque chose comme: «Et tu disais que je ne pouvais pas gagner.» Mais il n'a jamais rien dit de tel. Il se contentait de sourire, d'un petit sourire particulièrement suffisant et désagréable, ce qui rendait la situation encore plus pénible. Et, pour autant que je m'en souvienne, personne, *personne* ne s'est jamais préoccupé de ce que je pouvais bien ressentir, moi.

Grand-papa Willie a acheté de la glace, comme d'habitude, et Robbie a fait le fier toute la soirée. Ce soir-là, Grand-oncle Louis lui a offert une boîte à dessin, avec des crayons de couleur et tout. Évidemment, quand j'avais gagné le concours les années précédentes, il ne m'avait rien offert du tout. C'est à partir de ce moment-là que j'ai commencé à penser aux trolls.

J'y pensais à l'école. J'y pensais au dîner. J'y pensais dans mon lit, pendant les longues heures nocturnes où je regardais la course de la lune. Au fond de moi, j'étais toujours persuadée que c'était une erreur, que c'était moi qui aurais dû recevoir le ruban bleu et qu'on avait confondu nos noms, mais c'était trop tard. Chacun s'intéressait à d'autres gloires. Sauf Robbie et moi.

Robbie se cramponnait à cette histoire de concours comme à un vieux nounours et, tous les jours, il me posait une nouvelle question comme : «Est-ce qu'ils vont me rendre l'affiche après?» ou : «Où crois-tu que je devrais accrocher mon ruban bleu quand je le ramènerai à la maison?» Toutes questions qui ne faisaient que remuer le couteau dans la plaie, et je suis sûre qu'il le savait. Je me disais qu'il était content de façon tellement égoïste qu'il n'en avait rien à faire de mes sentiments, ou alors que peut-être il connaissait parfaitement mes sentiments et profitait de chaque instant de mon malheur. J'étais bien trop fière pour lui dire que je ne voulais plus jamais entendre parler de ce concours, et il continuait à me poser ces questions chaque jour, et chaque jour je me disais que s'il n'arrêtait pas bientôt, j'allais commencer à me préoccuper sérieusement de l'existence des trolls. Les questions ont continué : «Et tu crois que je vais gagner l'année prochaine? Et tu crois que je devrais essayer d'autres couleurs? Peut-être n'utiliser que deux couleurs? Peut-être que je pourrais me présenter à d'autres concours?»

«Bon», ai-je dit à Edward et John un jour que nous escaladions les rochers sur la plage, jouant à tripoter les anémones de mer et à attraper des crabes. «Bon, vous y croyez, vous, aux trolls qui vivent dans les rochers?»

«Non», a répondu John, qui ne tripotait plus rien sur la plage, pas même les anémones de mer, mais nous tenait le seau que nous remplissions de crabes. «C'est encore une de ces idées bizarres de Grand-oncle Louis.»

«Imagine que ce soit vrai quand même», ai-je dit.

«Imaginons que ce soit vrai. Et alors?» a demandé Oncle Edward.

«Alors, tu voudrais pas vérifier?» ai-je demandé sans les regarder, en jouant avec le seau de crabes.

«Comment?» a questionné Edward.

«On a besoin d'un appât, quelque chose qu'on pourrait laisser sur la plage pour voir si les trolls le prennent», ai-je répondu.

«Es-tu en train de suggérer qu'on descende Tibby à la plage pour voir si les trolls vont venir?» s'est étouffé John.

«Oh non! ai-je répondu. Je ne ferais jamais une chose pareille à Tibby. Je pensais plutôt à quelqu'un qu'on n'aime pas, comme, hemmm, Robbie.»

John et Edward m'ont simplement regardée, sans rien dire.

«On fait juste une expérience, ai-je ajouté précipitamment. On le récupérera après.»

«Oh, tu dérailles!» a dit John.

Edward ne pipait toujours mot, il me regardait, simplement. Et puis on est retournés à nos rochers et à nos crabes, et personne n'en a plus parlé.

— Tu n'as quand même pas donné Papa aux trolls, n'est-ce pas? s'inquiéta Melissa.

— Parce qu'il est là maintenant. Donc tu as dû décider de ne pas le leur donner, enchaîna Amanda, alarmée.

— Les trolls, ça n'existe pas! reprit soudain Melissa avec soulagement.

— Voilà, c'est ça! Tout ça n'est qu'une histoire, renchérit Amanda.

Les filles avaient toutes les deux les couvertures tirées jusqu'au menton.

— Oh là là! dit Tante Sally. Il est neuf heures. Extinction des feux!

TANTE HATTIE MIRACULÉE

— Bon, dit Melissa en rentrant de l'école avec Amanda et Pee Wee. Ce soir, c'est vendredi soir. On peut se coucher quand on veut. Il faut qu'on force Tante Sally à nous raconter la fin de l'histoire des trolls.

— Quelle histoire ? demanda Pee Wee.

— Oh, rien, lui répondit Amanda.

— Tu es trop jeune, ajouta Amanda. Tu seras couché avant qu'elle commence.

— Non, je ne serai pas couché, lui rétorqua Pee Wee. Ce soir, c'est vendredi soir et je peux me coucher quand je veux.

— Tu peux te coucher quand *nous* voulons, le reprit Melissa. *Tu* te coucheras une demi-heure plus tard que d'habitude et c'est tout.

Les enfants grimpèrent les marches de la véranda et entrèrent en trombe dans l'entrée. Tante Sally s'examinait dans le miroir, elle faisait quelque chose à son œil.

— Qu'est-ce que c'est que ça? lui demanda Amanda, sur la pointe des pieds pour mieux voir.

— Un recourbe-cils, lui répondit Tante Sally en lui tendant l'instrument.

Ça ressemblait à une paire de ciseaux, sauf qu'il y avait une pince à bout plat à la place des lames.

— Cool! fit Amanda.

— Super, fit Melissa. On peut se recourber les cils, nous aussi?

— Ce serait parfait pour ramasser des scarabées, fit remarquer Pee Wee.

— Je suis sûre que tu as raison, Frank, concéda Tante Sally.

— Pourquoi tu te recourbes les cils? lui demanda Pee Wee. Tu ne vois jamais personne. Tu passes la journée assise à attendre qu'on rentre.

— Assise à attendre, moi? répéta Tante Sally. Assise à attendre? Ha! Venez voir un peu par là.

Elle emmena les enfants au salon, où ils trouvèrent la machine à coudre sortie. Et là, sur la table, il y avait une robe, avec ses jupons et ses volants. Et à côté, deux robes en velours vert, une à la taille d'Amanda et une à la taille de Pee Wee.

Les filles jetèrent des cris de plaisir et coururent à leurs costumes. Frank jeta au sien un regard plein d'un prudent dégoût. Quand ils les eurent essayés et que les dernières retouches furent faites avec force épingles, Tante Sally leur dit:

— Je peux les finir ce week-end. Donc, aucune raison pour recourber mes cils, c'est bien ça? Je vous signale que j'ai dû marcher jusqu'à la ville rien que pour aller chercher ce tissu.

— Oh merci, merci! dirent Amanda et Melissa.

— Tes cils m'ont l'air bien droits, fit remarquer Pee Wee.

— C'est bien pour ça, lui apprit Melissa. C'est parce qu'ils sont droits qu'il faut les recourber.

— Pourquoi? demanda Pee Wee.

— Au cas où tu rencontres quelqu'un en ville, lui expliqua Amanda.

— Elle ne connaît personne ici, alors pourquoi s'en faire? continua d'interroger Pee Wee.

— Il pourrait m'arriver quelque chose comme à ta Grand-tante Hattie. Je pourrais rencontrer un homme mystérieux, dit Tante Sally à travers la rangée d'épingles qu'elle avait dans la bouche.

— Grand-tante Hattie? fit Amanda, l'air interrogateur.

— Vous n'avez jamais entendu parler d'elle non plus? Hummm, fit Tante Sally, dégoûtée. Quel intérêt d'avoir des histoires de famille si personne ne les transmet jamais? Venez dans la cuisine, j'ai fait assez de couture pour aujourd'hui.

Venez goûter, pendant ce temps-là je vous ferai des dessins. Il est temps que vous sachiez à quoi ressemble votre famille.

Les enfants installèrent la boîte de cookies au milieu de la table de la cuisine et se servirent du lait. Tante Sally se fit une tasse de thé et prit du papier.

— Bon, fit-elle.

Puis il y eut un silence pendant qu'elle dessinait. Quand elle eut fini, les enfants l'entourèrent et regardèrent son dessin. Ils virent une plage de galets et la mer. Et aussi deux enfants sur un chemin.

— Ça, c'est John et Edward, leur expliqua Tante Sally. Et ça, c'est Lyla et moi.

— Elle était grosse quand elle était petite ? demanda Amanda, abasourdie, puisque Lyla était maigre comme un clou.

— Non, pas celle-là, celle-là c'est la Petite Fille grosse et mesquine. Je vous raconterai son histoire un jour. Lyla, c'est celle qui est à côté de moi. Et ça, c'est votre père.

— Hé, il me ressemble drôlement ! s'exclama Pee Wee.

— C'est vrai, il te ressemblait beaucoup, Frank. Mais il n'était pas aussi beau que toi. Et maintenant, voilà votre Grand-maman Evelyn et votre Grand-papa Willie.

— Grand-papa était beau, dit Melissa.

— Grand-papa était très distingué. Et ce gros balourd à l'air fou, c'est Grand-oncle Louis.

— Pourquoi il se balance à l'envers sur la branche de ce très, très grand arbre? demanda Amanda.

— Licence artistique. La dame qui a les jupons en mousseline, c'est votre Grand-tante Hattie.

— Qui c'est celui sur les rochers, le petit homme très joli? demanda Pee Wee.

— Les hommes ne peuvent pas être jolis, Pee Wee, le reprit Amanda, cinglante.

— Oh, je ne dirais pas ça, dit Tante Sally. En fait, cet homme était très exactement joli. C'était l'homme le plus joli que j'avais jamais vu, et je n'en ai d'ailleurs pas vu de plus joli depuis. Il était petit, comme un elfe, avec une crinière de cheveux blancs, un joli nez très fin et les yeux bleus les plus profonds, les plus gentils, les plus aimables du monde. Il était si joli que ça vous coupait le souffle. Il était si joli que j'avais beau n'avoir que onze ans et lui au moins soixante-dix, je crois que j'étais un peu amoureuse de lui. Il était amoureux de votre Grand-tante Hattie. Et s'il n'avait pas existé, elle aurait passé le reste de sa vie dans une espèce de stupeur.

— C'était qui? demanda Melissa.

— C'est quoi, ces deux trucs sur le chemin?

demanda Pee Wee, qui étudiait le dessin de près. On dirait des tombes.

— C'est exactement ça, Frank. Ce sont les tombes du mari de Hattie, Frank, de qui je suppose que tu tiens ton nom, et de sa fille Caroline. C'est une histoire horrible. Votre Grand-tante Hattie s'est mariée sur le tard. Tout le monde croyait qu'elle allait rester vieille fille. Elle était institutrice, pas particulièrement jolie, déjà un peu aigrie et sans grande habitude des hommes. Elle rencontra Frank alors qu'elle avait presque passé l'âge d'avoir des enfants et en tomba follement amoureuse. Ils se marièrent et achetèrent une cabane dans les bois. Frank travaillait à l'usine et elle arrêta son travail à l'école. Quand elle eut Caroline, alors que l'âge auquel les femmes enfantent communément était passé depuis longtemps pour elle, elle fut la plus heureuse du monde. J'aimais beaucoup Tante Hattie. Elle disait toujours ce qu'elle pensait, ce qui fait que beaucoup ne l'aimaient pas, mais moi j'ai toujours pensé qu'elle s'en fichait, que les seules choses qui comptaient pour elle, c'étaient Frank et Caroline.

Après la naissance du bébé, Frank a voulu améliorer la cabane. Elle était très rustique et il voulait la moderniser et y installer l'électricité. Hattie ne voulait pas. Elle pensait qu'ils n'en avaient pas encore les moyens et elle voulait économiser pour pouvoir envoyer Caroline à l'université un jour. La plupart des filles en ville épousaient des ouvriers et faisaient des enfants. Mais Hattie voulait mieux que ça pour Caroline. Elle savait que cela impliquait beaucoup de sacrifices. Pour Frank, Hattie faisait le jour et la nuit, il ouvrit donc un compte à la banque pour Caroline, et c'est là que passait tout leur argent.

Hattie était parfaitement contente de vivre dans une cabane sans électricité, avec les toilettes dehors, si c'était pour le bonheur de Caroline. Bien sûr, je pense qu'ils auraient finalement dû installer des toilettes pour le bonheur de Caroline, parce que Dieu sait que les enfants prennent toujours la première occasion pour se moquer d'un autre, et les toilettes à l'extérieur auraient fourni une bonne occasion aux enfants de la ville.

Mais en fin de compte, ce n'est jamais arrivé. Un samedi, Hattie était venue prendre le thé avec Grand-maman Evelyn et, quand elle rentra chez elle, elle trouva la cabane en feu. Frank s'était endormi avec le bébé Caroline couché sur le lit près de lui. Une bougie allumée sur la table de nuit s'était renversée et avait mis le feu aux draps. Frank et Caroline ont brûlé avant même d'avoir eu le temps de se réveiller.

— C'est horrible! dit Amanda.

— Jamais tu ne racontes des histoires qui se finissent bien? lui demanda Melissa.

— Ils étaient morts? demanda Pee Wee.

— Oui, Frank, ils étaient morts, lui répondit Tante Sally. Beaucoup ont dit que c'était la faute de Hattie, parce qu'elle n'avait pas voulu installer l'électricité. Probablement parce que tout le monde aimait mieux Frank que Hattie. Aussi malheureux qu'aient été les gens pour Frank et la petite Caroline, je crois surtout qu'ils étaient contents de pouvoir dire du mal de Tante Hattie, qui n'avait jamais été tendre avec eux et qui, pire, ne leur avait jamais été d'aucune utilité. Grand-maman Evelyn pensait que ça allait tuer Hattie, ou alors qu'elle se tuerait, l'un ou l'autre. Aucun de nous ne s'attendait à ce qu'elle survive, mais elle a survécu. Elle a repris son travail d'institutrice et a loué une chambre meublée en ville. Le week-end, elle venait chez nous; elle ne parlait à personne et passait de longues heures, seule, à marcher sur la plage. Je ne veux pas dire qu'elle a fait ça pendant quelques mois, je veux dire qu'elle l'a fait pendant des années.

— Comment s'entendait-elle avec Grand-oncle Louis? demanda Pee Wee. Est-ce qu'il lui faisait manger des becs-de-flûte?

— C'est bien ça le problème, lui répondit Tante Sally. Au bout d'un certain temps, personne ne la remarquait plus. Elle se promenait comme un fantôme. Comme un chat, vous savez, il habite avec vous mais vit sa vie. Et puis un jour, elle a décidé de faire déplacer les tombes de Frank et Caroline du cimetière en ville au chemin qui descendait à la mer. Je crois qu'elle voulait être avec eux le week-end. Vous imaginez le genre de discussion que ça a suscité. Je crois qu'elle a failli perdre son poste d'institutrice, mais c'était un bon professeur et elle n'était jamais ni bizarre ni dans la lune pendant ses cours, donc personne n'a rien pu dire. Et, après tout, beaucoup de gens fréquentent les cimetières pour visiter leurs morts.

Oh là là, vous avez vu l'heure. Je ferais bien de ranger tout ce désordre et de commencer à préparer le dîner. Non pas que vous ayez faim après tous ces cookies, mais votre mère a écrit: «Dîner à six heures... les enfants apprécient toujours le pain de viande.» Et regardez, elle a fait la liste de tout ce dont j'ai besoin. Je sais ce que je vais vous faire: un pain de viande-surprise.

— C'est quoi la surprise? demanda Pee Wee.

— Enfin, mon chou, si je te le dis ça ne sera plus une surprise. Et maintenant zou, dehors. Allez jouer dans le jardin et ouvrez-vous l'appétit.

— Tu ne nous as rien dit sur l'homme mystérieux, fit remarquer Amanda.

— Je vous en parlerai plus tard, après le dîner,
lui répondit Tante Sally. Mes ressources mentales
ne me permettent pas de vous raconter des histoires et de cuisiner en même temps. Seigneur,
certains matins je ne peux pas faire plus que mettre
correctement mon eye-liner et voilà que vous voulez que je sois un croisement de Julia Child et
Schéhérazade.

— Qui c'est, Julia Child? demanda Amanda.

— Un grand chef cuisinier, l'informa Melissa.

— Qui c'est Schéhérazade? demanda Amanda.

— Une grande conteuse. Maintenant, chut, lui
dit Melissa.

— Allez, zou, dit Tante Sally.

Les enfants zouèrent jusqu'à ce que Tante
Sally les appelle pour le dîner. Tante Sally distri-
bua à chacun ce qui était devenu l'habituelle pile
de haricots verts.

Melissa en prit un et l'éplucha. Pee Wee
construisit un château fort avec les siens et le man-
gea mur après mur.

— Frank, dit Tante Sally, s'apprêtant à lui servir
une part de pain de viande, tu préfères l'entame,
le milieu ou le presque milieu? Il y a une surprise
différente dans chaque morceau.

— Je prends un milieu, répondit Pee Wee.

— Tu ne peux pas prendre un milieu, le sermonna Amanda. Tu prends forcément le milieu. Il ne peut pas y avoir plus d'un seul milieu.

— Je pense, lui répondit Tante Sally à la place de Pee Wee, que Frank voulait dire un morceau du milieu. Le milieu est une partie étendue et il n'en veut qu'un morceau. Ce n'est pas ça que tu voulais dire, Frank?

— Oh, chouette, une olive, fut la réponse de Pee Wee, qui explorait déjà sa tranche de pain de viande à la recherche de surprises possiblement plus intéressantes et ne prêtait aucune attention aux constructives critiques de sa grande sœur.

— Amanda, qu'est-ce que tu préfères? demanda Tante Sally.

— Donne-moi un presque milieu, lui répondit Amanda, et elle ajouta: S'il te plaît.

— Ça roule, boule. Et pour Melissa?

— Une entame.

Elle prit son assiette, qu'elle contempla.

— Un œuf dur?

— Surprise! cria Tante Sally.

— Moi, j'ai eu une mini-carotte cuite, dit Amanda.

— N'est-ce pas que c'est drôle? dit Tante Sally. Bon, il faut que quelqu'un choisisse un morceau pour moi, vu que je sais déjà où sont toutes les surprises.

— Prends l'autre entame, lui conseilla Melissa. J'espère que tu n'auras pas un œuf, toi aussi.

— Non, fit Tante Sally en installant sa part sur une assiette. J'ai eu une huître fumée. J'ai dû en ouvrir une boîte entière pour en mettre une dans le pain de viande, donc rappelez-moi d'en faire une purée demain.

— Beurk, fit Pee Wee.

— Oh non, Frank, c'est délicieux les huîtres. Tu en as déjà mangé ?

— Non, c'est pour les adultes.

— Absurde. Quand ils étaient jeunes, tes oncles et tantes allaient en récolter sur les rochers. Grand-maman Evelyn les faisait frire, puis on les mettait sur de la baguette et on se faisait des sandwiches aux huîtres. Hmmm, c'est délicieux. C'est à cause des huîtres que nous avons vu Hattie rencontrer l'homme mystérieux. Comme je vous l'ai déjà dit, elle venait chez nous le week-end et elle se promenait sur la plage. Au bout de deux ans, nous étions parfaitement habitués à ses apparitions éthérées.

— Ça veut dire quoi éthérées ? s'informa Amanda.

— Légères et fantomatiques. Chut, lui répondit Melissa.

– Un jour, elle revint de la plage son panier plein d'huîtres. Je ne l'avais jamais vue faire une chose pareille auparavant. Ça m'a intriguée. Dans notre petit monde tranquille, où il n'y avait ni jouets ni télévision, la soudaine passion de Tante Hattie pour les huîtres était un véritable événement. J'ai prévenu Edward et John et nous avons décidé de la suivre à la plage dès le lendemain matin. La mer était basse et la plage resplendissait, comme couverte de diamants. Sur le chemin qui descendait à la plage se tenait l'homme mystérieux. Je vous jure, il resplendissait lui aussi.

C'était la première fois que nous le voyions. Il y avait beaucoup de gens qui venaient à la plage, mais lui, on ne pouvait pas ne pas le remarquer. Vous êtes-vous déjà fait la réflexion que certaines personnes ont un je-ne-sais-quoi qui attire tout simplement le regard? Lui, il avait vraiment ce je-ne-sais-quoi. Nous nous sommes cachés dans les buissons et je l'ai regardé, admirative et envieuse, je l'avoue. Tante Hattie a commencé à marcher lentement le long de la plage et l'homme a ôté ses bottines en daim noir. Il portait un magnifique pantalon kaki dont il avait relevé le bas jusqu'aux chevilles, qu'il avait très fines, et il marchait lentement, avec un plaisir non dissimulé, dans l'eau peu profonde, abandonnant ses bottines sur la plage. Il se dirigeait vers un des bouts de la plage, pendant que Tante Hattie se dirigeait vers l'autre. Puis ils inversèrent le mouvement. Finalement, elle s'arrêta et se mit à ramasser des huîtres sur les rochers, mais moi je voyais bien qu'elle le regardait aussi souvent qu'elle l'osait. J'avais bien vu que ses vêtements étaient différents, différents de ceux des hommes de la ville, différents de ceux que mon père portait pour aller à l'usine.

Aujourd'hui, je me rends compte que son pantalon kaki était très bien coupé et coûtait très cher. À l'époque, je le sentais confusément et ça rendait toute la scène encore plus attrayante, cet homme avec ce beau pantalon qu'il traînait dans le sable sans y prêter aucune attention.

— C'est quoi, kaki? demanda Amanda.

— Tu sais bien, c'est une sorte de marron vert, lui répondit Amanda.

— Je ne comprends pas ce que ce pantalon kaki avait de si formidable, commenta Pee Wee. Moi, je porte tout le temps des pantalons kaki.

— Tu ne portes pas de pantalon kaki sublimement coupé, lui rétorqua Melissa.

— Si je coupe mes pantalons, Maman me tue, lui fit remarquer Pee Wee.

— Mais non, sublimement coupé veut dire: qui a une très belle forme, l'informa Melissa.

— Je ne vois toujours pas ce que ça peut avoir de si attirant, un pantalon kaki, reprit Pee Wee.

— Si on veut trouver un beau pantalon kaki attirant, on a le droit, lui rétorqua Amanda. Et puis, un peu de respect, c'est de ta grand-tante qu'il s'agit.

— Je sais, reprit Pee Wee. Je dis juste que je trouve ça débile de faire toute une histoire d'un certain type de pantalon. Il avait un pantalon kaki, et alors?

— S'il te plaît, ignore-le et continue, demanda Amanda à Tante Sally.

— Je suis toujours contente d'avoir l'opinion de Frank, lui répondit Tante Sally. Y a-t-il autre chose que tu aimerais nous dire à ce sujet, Frank?

Frank fit non de la tête, royal. Ça n'était pas courant qu'on estime ainsi son opinion. Il fit un geste silencieux pour lui indiquer qu'elle pouvait poursuivre. Melissa lui jeta un haricot vert à la tête.

— Hum, hum! Tante Sally se racla la gorge, pressée de recommencer son histoire avant que n'éclate une bataille de haricots verts. Il était tout petit et avait une ossature très fine, un peu comme un oiseau.

— Je ne pense pas que les oiseaux aient l'ossature très fine, l'interrompit Pee Wee, qui commençait à croire que son avis était requis en toute chose. Est-ce que je peux avoir un peu plus de pain de viande ?

— Bien sûr, Frank, et Tante Sally se leva pour lui en servir une part.

— Oh, beurk ! fit ce dernier. Il y a des brocolis dedans !

— Encore une surprise ! répondit Tante Sally. Peut-être qu'effectivement les oiseaux n'ont pas une très jolie ossature. Je ne sais pas comment dire. Ce qui est certain, c'est qu'il avait de très jolies chevilles.

— Comment un homme peut-il avoir de très jolies chevilles ? Je trouve cette histoire débile, l'interrompit Pee Wee à nouveau.

— Pee Wee, tu es grossier, le sermonna Melissa.

— Ouais, ajouta Amanda.

— Si tout le monde a fini, je vais chercher le dessert, proposa Tante Sally.

— Attends une minute, tu n'as pas fini ton histoire, dit Melissa.

— On va débarrasser la table et couper le gâteau et ensuite je vous raconterai la fin de l'histoire.

Quand toutes les assiettes furent dans le lave-vaisselle et que chacun eut devant lui une part de gâteau au citron, Tante Sally reprit :

— Je descendais à la plage tous les week-ends pour espionner Tante Hattie et l'homme mystérieux. Je crains que les garçons n'aient été d'accord avec toi, Frank, au sujet de la fascination que peuvent provoquer de belles chevilles et, après la première mission d'espionnage, ils se sont trouvé d'autres activités. Tante Hattie et l'homme mystérieux faisaient si attention l'un à l'autre qu'on aurait cru qu'ils étaient seuls dans une petite pièce. Je pense qu'ils ne remarquaient même plus la mer. J'essayais de respirer doucement, de peur que le moindre petit bruit ne brise le charme.

Un jour, j'entendis Grand-maman Evelyn dire à Lyla, qui jouait plus ou moins pour elle le rôle de confidente : « Tu as remarqué comme Tante Hattie semble plus heureuse ces derniers temps ? Et comment, après toutes ces années, il semble qu'elle ait enfin surmonté tout ça ? »

C'est toujours comme ça que Grand-maman Evelyn en parlait : « Surmonter tout ça. » « Nous attendons que Hattie ait surmonté tout ça. » « Hattie s'achètera une nouvelle maison quand elle aura surmonté tout ça. » « Hattie retournera à l'église quand elle aura surmonté tout ça. » « Hattie participera aux conversations pendant le dîner quand elle aura surmonté tout ça. »

Je ressentais toujours un pincement de jalousie devant la relation qui existait entre Grand-maman Evelyn et Lyla et je pensais qu'elles me trouvaient bien trop garçon manqué et bien trop brouillonne pour m'inclure dans leurs tête-à-tête. Donc, cette fois-ci, je suis intervenue dans la discussion et j'ai dit d'un air important que je savais pourquoi Tante Hattie était plus heureuse. Ensuite, je les ai emmenées à la plage, où, comme d'habitude, l'atmosphère était si électrique que l'on sentait son propre cœur battre plus fort, dans un mouvement de sympathie.

Grand-maman Evelyn et Lyla regardèrent Tante Hattie ramasser lentement des huîtres sur les rochers, une par une, et l'homme mystérieux marcher lentement, les chevilles nues, dans l'eau claire et froide, et Grand-maman dit: «Ce qui est certain, c'est que je ne l'ai jamais vu avant. Qui est cet homme, Lyla?»

Mais Lyla ne savait pas. Grand-maman Evelyn décida de découvrir qui c'était. Parfois je les surprenais sur la véranda, à dire des choses comme: «Bon, il n'est pas au *bed and breakfast* de Lilian, et Janet ne l'a jamais vu au marché.» Ce n'était pas vraiment qu'elles se cachaient de moi, mais bon, elles ne me mettaient pas dans la confidence non plus.

— Ce n'est pas très gentil, commenta Amanda.

— C'est vrai, dit Melissa. C'est quand même toi qui leur avais fait découvrir l'homme mystérieux.

– Oh, de toute façon, ce n'était pas mon histoire. Hattie devenait de plus en plus radieuse, et elle commença même à participer aux conversations du dîner. Cela a bouleversé nos habitudes : jusqu'alors c'était Grand-oncle Louis qui dominait la conversation, avec ce que nous, les enfants, nous appelions son « discours à l'Assemblée ». Grand-maman était d'accord, qui que ce soit qui parle, Grand-papa Willie était plutôt un mangeur silencieux. Nous, les enfants, nous voulions juste manger et en finir le plus vite possible, bien que nous espérions toujours qu'Edward se prenne à nouveau d'une aversion soudaine pour un légume quelconque, parce qu'il n'y a rien de tel que de regarder quelqu'un sauter du troisième étage, mais ça ne s'est jamais reproduit.

Grand-oncle Louis dominait la place, jusqu'à ce que Hattie se décide à parler et révèle qu'elle le prenait tout simplement pour une vieille baderne. Cela provoqua évidemment des frictions terribles pendant le dîner, que nous, les enfants, nous appréciions à leur juste valeur, sauf Lyla la sainte. Quand Hattie reniflait en disant que Grand-oncle Louis était moins un homme qu'un épouvantail à moustache, Grand-maman Evelyn soupirait : « Nous sommes tellement contents que tu te sentes mieux, Hattie. »

Après le dîner, pendant que je débarrassais la table, j'entendis Grand-maman Evelyn dire à Lyla : «Est-ce que ça n'est pas dommage qu'ils soient trop timides pour se parler ? Je crois que je vais aller à la plage et lui parler. Peut-être que j'arriverai à ce qu'il me parle et qu'ensuite je pourrai introduire Hattie dans la conversation d'une façon très naturelle.»

J'ai pensé que c'était l'idée la plus bête que j'avais jamais entendue : enfin, depuis quand Hattie était-elle timide ? Et si ça leur plaisait de se regarder sans se parler, pourquoi aller leur gâcher leur plaisir ? J'ai interrompu leur conversation pour le leur dire, mais évidemment personne ne m'a écoutée parce que je n'étais qu'un garçon manqué de onze ans.

— Je sais ce que tu as ressenti, lui dit Pee Wee.

— Et comment tu le saurais ? Tu n'as pas onze ans ! lui dit Amanda, sarcastique.

— Tu n'as que six ans, ajouta Melissa. Et tu ne sais rien !

— Et maintenant, tais-toi, conclut Amanda.

— Le samedi suivant, après que Hattie fut descendue à la plage, Grand-maman, Lyla et moi la suivîmes. Grand-maman Evelyn avait vraiment l'intention de parler à l'homme mystérieux. Nous étions toutes les trois très nerveuses : il était si beau et rayonnant. Je me demandais si sa voix serait aussi belle et rayonnante. C'était probablement moi la plus nerveuse des trois, puisque c'était moi qui l'observais depuis le plus longtemps. Je me demandais si lui parler serait comme crever un ballon à l'aide d'une épingle, si nous allions voir tout l'air léger s'échapper.

— L'air léger? interrogea Pee Wee. Comment l'air peut-il être léger?

— C'est une métaphore, soupira Melissa.

— C'est quoi, une métaphore? demanda Amanda.

— C'est quand quelque chose est comme quelque chose d'autre, l'éclaira Melissa.

— Je voudrais encore du gâteau, dit Pee Wee.

Tante Sally recoupa du gâteau pour tout le monde.

— Je transpirais, reprit Tante Sally. Je me rappelle très clairement que des gouttes de sueur glacée coulaient de mon front, comme des perles, rien qu'à l'idée de rencontrer l'homme mystérieux. J'en avais tellement envie, mais ça n'est jamais arrivé. Nous sommes arrivées à la plage et nous avons vu Tante Hattie marcher, l'air distrait. Ses regards manquaient d'assurance quand elle les tournait vers les différents chemins que pouvait emprunter l'homme mystérieux pour arriver.

Puis elle parcourut la plage dans l'autre sens. Nous sommes restées cachées sur le chemin. Pour la première fois, l'homme mystérieux n'était pas là. Nous avons attendu mais il n'est jamais venu, et nous sommes rentrées à la maison, laissant Tante Hattie parcourir la plage dans un sens puis dans l'autre jusqu'à ce que finalement elle ôte ses chaussures pour marcher, les chevilles nues, dans l'eau peu profonde. Nous sommes revenues le jour suivant, mais il n'était pas là. Puis le week-end prit fin et nous dûmes attendre le suivant. Mais il n'est jamais revenu, ni le week-end suivant, ni celui d'après, ni celui d'encore après. Il avait disparu.

— Je ne comprends pas, dit Melissa. Pourquoi est-il parti ? Il était bien amoureux de Tante Hattie, non ?

— Bien sûr qu'il était amoureux de Tante Hattie. Tout le monde le savait qu'il était amoureux de Tante Hattie.

— Bon, eh bien, qu'est-ce qui lui est arrivé ? Qui c'était ? Elle n'est pas encore finie ton histoire, n'est-ce pas ? demanda Amanda.

— Si, elle est finie, répondit Tante Sally.

Amanda et Melissa la regardèrent, atterrées.

— Redonne-nous plutôt du gâteau, lui dit Melissa. C'est bien l'histoire la plus décevante que j'aie jamais entendue. Comment a réagi Tante Hattie ? Est-ce qu'elle a de nouveau arrêté de parler ?

— Non, et c'est ça qui est drôle. On aurait pu croire qu'un choc pareil n'aurait fait que l'enfoncer dans ce qui se révélait être une vie des plus pourries, mais, au contraire, elle a repris du poil de la bête et, sans explications, a, comme le prédisait Grand-maman Evelyn, surmonté tout ça. Elle a acheté une maison, a commencé à fréquenter des clubs, a repris goût à la vie, a recommencé à donner son avis sans se gêner, et elle a cessé de passer le week-end chez nous. Elle n'est jamais retournée à la plage.

— C'est un peu, comment dire ? décevant comme fin, non ? fit Amanda. Enfin, quel intérêt ?

— C'est vrai que ça n'a pas l'air extraordinaire, lui répondit Tante Sally. Mais quand j'y repense avec le recul que je peux avoir maintenant, je me dis que Tante Hattie a vraiment été miraculée. Je crois que, quand Frank et Caroline sont morts, quelque chose en Hattie est mort avec eux. Imaginez l'énergie que ça doit prendre de simplement mettre un pied devant l'autre quand on est environné par la mort.

Et puis, quand cet homme mystérieux est apparu sur la plage, il a vu qu'il restait quelque chose de vivant en elle, alors, quand elle l'a vu lui, elle aussi s'est aperçue qu'il lui restait un peu de vie, et elle s'est accrochée à cette lueur de vie comme un noyé s'accroche à une branche, encore et encore, en attendant qu'on vienne le secourir.

— Mais qu'est-ce qui lui est arrivé, à cet homme mystérieux? redemanda Amanda.

— Peut-être que c'était son ange gardien, suggéra Melissa. Et il n'est apparu que le temps nécessaire pour la remettre sur les rails.

— Peut-être qu'il a eu un accident tragique en descendant à la plage ce matin-là, proposa Amanda.

— Peut-être qu'il s'est fait emporter par une lame de fond, proposa Pee Wee à son tour.

— Oui, reprit Melissa. Dix minutes avant que Grand-tante Hattie ne descende à la plage.

— Pourquoi dix minutes? demanda Pee Wee.

— Oh, enfin, Pee Wee! lui lança Melissa. J'ai dit dix minutes comme ça. C'est juste un nombre. Combien de temps crois-tu que c'était avant qu'elle n'arrive?

— Je ne sais pas. Je me demandais juste pourquoi tu avais dit précisément dix minutes.

— Peut-être qu'il n'était là que pour les vacances et qu'il a dû rentrer chez lui? reprit Amanda.

— Non, sinon il lui aurait parlé et lui aurait demandé de partir avec lui, la contredit Melissa.

— Peut-être que ses bottines en daim ont pris l'eau et qu'il a coulé, dit Pee Wee en éclatant de rire.

— Voilà exactement ce que Tante Lyla, Grand-maman Evelyn et moi avons fait pendant des années: on s'asseyait sur la véranda, on buvait de la citronnade en se balançant dans les rocking-chairs et on parlait: «Peut-être qu'il descendait d'une cabane qu'il venait juste d'acheter et qu'il s'est perdu dans les bois. Peut-être même qu'il erre toujours dans la forêt.» «Peut-être qu'il était allé lui acheter une bague de fiançailles et que, quand il est revenu, Tante Hattie avait cessé de se promener sur la plage.» «Peut-être qu'il est mort brusquement sans laisser de papiers ni de famille.» «Peut-être qu'il avait une maladie contagieuse et qu'il est parti se faire soigner.» Et on en discutait encore et encore. Beaucoup plus tard, il arrivait que j'appelle votre grand-mère et que la conversation s'engage naturellement: «Peut-être qu'il avait épuisé son stock de pantalons si bien coupés et qu'il attendait un arrivage.» Et Grand-maman Evelyn répondait: «Peut-être qu'il a pris le ferry pour Vancouver pour aller en acheter et qu'il est tombé par-dessus bord sans que personne s'en rende compte.»

— Est-ce que Tante Lyla et toi vous commencez encore vos conversations téléphoniques comme ça? demanda Amanda (Grand-maman Evelyn était morte depuis longtemps).

— Lyla et moi, on ne se téléphone pas. Alors, Pee Wee, tu es resté debout bien tard mais l'histoire ne t'a pas plu, n'est-ce pas?

— Moi, j'aime bien quand il se passe plein de trucs, lui répondit Pee Wee. Tu n'as pas d'autres histoires comme celle de la morsure de la palourde ou bien alors une histoire où quelqu'un se fait dévorer par un ours?

— Pee Wee! s'exclama Amanda.

— Dégoûtant! reprit Melissa. Pour t'apprendre, on devrait te parler des trolls.

— Tssss, Tssss! fit Tante Sally. Viens te laver les dents, Pee Wee. Au moins, maintenant, tu sais de qui tu tiens ton nom.

— Pourquoi tu n'as jamais Lyla au téléphone? lui demanda Amanda.

— Cette histoire qui est arrivée à Tante Hattie, c'était avant ce que tu sais, lui répondit Tante Sally.

— Il faut que tu finisses cette histoire-là, lui dit Melissa.

— Oui, il le faut, ajouta Amanda.

— Raconte-moi, à moi aussi, intervint Pee Wee. Et si tu pouvais rajouter un ours qui mange quelqu'un, ce serait bien.

— Pas ce soir, répondit Tante Sally, j'ai trop parlé, je suis à court de mots.

Elle se leva et mit les assiettes à dessert dans le lave-vaisselle. Penchée au-dessus de la machine elle s'arrêta et dit :

— Je suppose qu'il doit être mort maintenant, cet homme mystérieux. Mais, quand quelqu'un disparaît comme ça, on ne peut pas s'empêcher d'y repenser constamment. Je suis sûre que Tante Hattie n'a jamais cessé de penser à lui. Et peut-être que c'était tout simplement ça qu'il voulait.

LE FLIPPER

Le samedi, Melissa et Amanda passèrent la journée chez des copines et Pee Wee au football. À quatre heures, ils rentrèrent tous à la maison. C'était un des ces glorieux après-midi d'automne : les arbres étaient couronnés d'or, le soleil resplendissait et la terre semblait se réjouir d'une dernière étincelle de vie que l'hiver allait bientôt tuer.

— Ce soir, c'est samedi soir et j'en ai marre de faire la cuisine, dit Tante Sally. On peut aller dîner quelque part dans cette ville ?

— On peut aller chez Murray, lui indiqua Pee Wee.

— Oh, Pee Wee ! s'exclama Melissa. Murray fait tellement province et en plus tout y est gras.

— Elle veut dire un endroit bien, comme le McDonald's, ajouta Amanda.

— Chez Murray, il y a des box, et un juke-box, et un flipper, leur rétorqua Pee Wee.

— Ça me va tout à fait. On peut y aller à pied ?

demanda Tante Sally. Ou bien faut-il que j'appelle un taxi?

— Je préfère marcher, répondit Melissa. Ça fait de plus belles jambes.

— On s'en fiche d'avoir de belles jambes, lui répondit Pee Wee. Je veux y aller en taxi. On ne prend jamais de taxi. Et je veux m'asseoir sur le strapontin.

— Seigneur, il y a encore des taxis comme ça ici? s'étonna Tante Sally. C'est presque trop beau pour qu'on n'en prenne pas un. D'un autre côté, si on prend un taxi maintenant, on arrivera beaucoup trop tôt pour dîner. On va y aller à pied et on prendra un taxi au retour.

Ils sortirent tous quatre, marchant sur les feuilles mortes le long de la route, regardant les écureuils emporter des noix dans les arbres pour les y cacher.

— C'était bien le football, Frank? demanda Tante Sally.

— Pas mal. Est-ce que Papa jouait au foot?

— Oh oui! On joue beaucoup au foot sur l'île parce qu'on peut jouer toute l'année.

— Je croyais qu'il pleuvait tout l'hiver, s'étonna Amanda.

— Il pleut. Mais les garçons jouent sous la pluie: de vrais fanatiques du foot! À mon avis, ils préfèrent même jouer sous la pluie. Ils ont l'impression d'être des guerriers, tout couverts de boue des pieds à la tête. Bien sûr, ça salit quand même beaucoup moins que le catch avec les élans. Ça, ça se pratiquait uniquement à l'automne. La prochaine question sera, je le sais, qu'est-ce que c'est que le catch avec les élans? Eh bien c'est très exactement ce que ça dit: les hommes vont dans les bois et rassemblent un troupeau d'élans et ensuite il s'agit de leur faire des prises de catch.

— Papa faisait ça? demanda Pee Wee.

— Non, mais votre Grand-oncle Louis, oui. Les hommes enlevaient leurs chemises, enduisaient leurs ridicules poitrines poilues d'huile pour bébé et faisaient des prises de catch à ces élans.

— Je trouve ça terrible, commenta Melissa. Ils auraient mieux fait de laisser ces élans sauvages tranquilles.

— Tu sais, mon chou, c'était avant qu'on sache que les animaux avaient des droits. Vos tantes, vos oncles et moi nous trouvions juste ça idiot. Grand-maman Evelyn aussi trouvait ça idiot, mais elle ne le disait pas. Ça n'aurait fait que nous encourager à manquer de respect à Grand-oncle Louis. Pendant la saison de catch avec les élans, Grand-oncle Louis rentrait tous les soirs couvert de boue, avec sous le bras une pile de vêtements pleins de boue qu'il donnait à Grand-maman Evelyn pour qu'elle les lave. Il mettait vraiment sa patience à rude épreuve. Au lieu de prendre son bain hebdomadaire le samedi, comme il le faisait d'habitude, il devait se laver tous les soirs. Et il devait se laver vite s'il ne voulait pas être en retard au dîner. Il mit donc au point une méthode pour se laver le plus vite possible, ce qui, bien entendu, devint le sujet de sa sempiternelle adresse à l'Assemblée, dîner après dîner.

«J'ai réglé le problème du savon, Evelyn, disait-il. Tu m'écoutes, Edward? John, essaye de prendre l'air éveillé! Il faut le prendre dans la main gauche pour commencer. Vous avez bien compris? Dans la main *gauche*.»

«Pas dans la main droite, contrairement à ce qu'on aurait pu penser», disait alors John, qui savait se montrer tout à fait sarcastique sans que Grand-oncle Louis le remarque.

«Pas dans la main droite, John, dans la main gauche. Et il faut le faire glisser sur le côté droit du corps, en commençant en haut de l'oreille.»

«Je crois que je vais prendre des notes», disait John en se levant.

«John, assieds-toi s'il te plaît et finis ton dîner», soupirait Grand-maman Evelyn. Elle savait que ce n'était que sarcasme et vivait dans l'angoisse permanente que Grand-oncle Louis ne s'en rende compte et qu'il n'y ait encore des gens qui sautent de la fenêtre du troisième.

«Et maintenant, reprenait Grand-oncle Louis en agitant un os de poulet, savez-vous ce qui se passe quand vous avez atteint votre talon droit?»

Lyla rougissait chaque fois. La regarder devenir grenat était un des seuls plaisirs que j'aie jamais retirés des sermons sur le bain.

— C'est quoi, grenat? demanda Amanda.

— Rouge. Chut, répondit Melissa.

— Grand-oncle Louis n'arrêtait pas ses grands discours sur l'art du bain rapide. Un soir, il descendit la baignoire et l'installa à côté de la table en expliquant: «Aide visuelle, Evelyn, aide visuelle.» En plein milieu du dîner, alors qu'il expliquait les raffinements qu'il avait apportés à sa technique, il sauta dans la baignoire. Il abandonna sa purée, son steak et ses navets pour nous faire une démonstration en se frottant avec sa serviette de table. Lyla en était au bord de l'apoplexie!

«Ce qui est formidable, Evelyn», dit Grand-oncle Louis à Grand-maman Evelyn qui gardait les yeux obstinément fixés sur son assiette plutôt que de le regarder prendre un bain tout habillé devant nous. «Ce qui est formidable, c'est que la finale de la saison commence demain et que je vais donc être plus couvert de boue que jamais.

Quelle meilleure occasion pour pratiquer ma technique? Je pourrais vous en montrer les raffinements infinitésimaux pendant le dîner.»

— Qu'est-ce que ça veut dire infinitésimaux? demanda Amanda.

— Tout petits, lui répondit Melissa.

— Je pense que quelque chose s'est brisé ce soir-là en Grand-maman Evelyn parce que quand nous sommes rentrés de l'école le lendemain, elle nous a prévenus que Grand-papa Willie était de l'équipe de nuit à l'usine et qu'elle nous emmenait dîner dehors.

«Et Grand-oncle Louis?» demanda votre père.

«Je lui ai laissé son dîner dans le four avec un petit mot, répondit Grand-maman Evelyn. Pour l'amour de Dieu, est-ce qu'on ne peut pas aller dîner dehors une fois tous les dix ans?»

On était sidérés. Je ne crois pas qu'aucun de nous ait pu se souvenir d'une seule fois où Grand-maman Evelyn nous aurait emmenés dîner dehors. Elle ne l'avait jamais fait. Nous étions tous très excités quand nous sommes arrivés en ville. À cette époque, on n'avait pas vraiment le choix du restaurant: il y avait une baraque à frites sur la plage, un fast-food et un café. Nous avons choisi le café parce que Grand-maman Evelyn avait dit qu'elle voulait traîner un peu après le repas.

C'est à ce moment-là que je me suis rendu compte qu'elle essayait d'éviter Grand-oncle Louis et son bain. Bon, bref, on est arrivés là-bas et on s'est assis dans deux box l'un à côté de l'autre.

On a commencé à étudier le menu et votre père a dit : «Hé, regardez! Il y a un juke-box et un flipper. Maman, est-ce que je peux mettre dix cents dans le juke-box?» À l'époque, on avait une chanson pour dix cents et trois pour vingt-cinq. Grand-maman Evelyn, qui regardait le flipper, nous a étonnés en ouvrant son porte-monnaie pour nous donner vingt-cinq cents. Nous nous sommes un peu disputés pour choisir nos trois chansons et pour décider qui mettrait la pièce dans la machine et pousserait les boutons.

Puis on s'est rassis et on est retournés à nos menus. C'est à ce moment-là que Grand-maman Evelyn a dit : «Les enfants, avant de commander, je vais prendre cette pièce et faire une partie de flipper. Juste une.» Si on nous avait dit qu'on était adoptés, on n'aurait pas été plus surpris. Grand-maman Evelyn était une femme des plus raisonnables. Il n'y avait rien de superflu à la maison.

— Ça veut dire quoi superflu? demanda Amanda.

— Trop difficile pour moi, avoua Melissa.

— Enfin, du luxe inutile. Non pas que Grand-maman Evelyn ait été radine : elle était aussi généreuse que possible avec l'argent dont elle disposait, c'est-à-dire pratiquement aucun. Non pas qu'elle n'ait jamais pris aucun plaisir, mais ce que nous aimions, c'étaient les livres de la bibliothèque, les promenades au bord de l'océan ou bien encore nous demander ce que les adultes pouvaient bien faire, toutes choses agréables mais gratuites.

Ça nous aurait surpris que Grand-maman Evelyn nous achète de petits jouets au drugstore ou un nouveau ruban à cheveux, mais qu'elle gaspille de l'argent au *flipper* ! Et même pas pour nous, pour elle ! Je suppose, si on y réfléchit bien, que c'était aussi parce que nous n'avions jamais vu Grand-maman Evelyn faire quoi que ce soit pour elle-même. Nous regardions par-dessus son épaule, abasourdis, quand elle a introduit la pièce de dix cents dans la machine et que celle-ci s'est allumée.

Nous n'avions jamais vu personne jouer au flipper et nous n'étions pas sûrs de bien comprendre tous ces bruits bizarres et ces chiffres qui clignotaient sur le tableau. Et Grand-maman Evelyn de tirer les manettes, d'appuyer sur les boutons, de faire pencher le flipper en se vautrant dessus ! Le spectacle valait largement la pièce qu'elle avait dépensée !

«J'ignorais que tu savais jouer au flipper», ai-je dit à Grand-maman Evelyn.

«N'en parlez surtout pas à votre père», a dit Grand-maman Evelyn d'un air sévère quand elle eut fini sa partie.

«Tu as fait un bon score?» lui demanda John.

«Pas trop mauvais, surtout que ça fait des années que je n'ai pas joué», a répondu Grand-maman Evelyn en regardant la machine, rêveuse.

«Encore! Encore!» avons-nous réclamé en chœur.

«Bon… fit Grand-maman Evelyn en fouillant au fond de son porte-monnaie jusqu'à ce qu'elle en sorte trois pièces de dix cents. Je vais peut-être faire une ou deux parties de plus avant qu'on ne commande le dîner.»

«Est-ce qu'on peut faire une partie nous aussi?» a demandé John.

«Non», a répondu Grand-maman Evelyn, et elle a introduit une nouvelle pièce dans la machine, pénétrant ainsi dans son propre monde. Je pense même qu'elle nous avait complètement oubliés. Elle a encore joué deux parties. Nous commencions à avoir faim et nous nous sommes dirigés vers nos box. Grand-maman Evelyn nous a re-joints, rougissante et tout sourire. «J'aï doublé mon score», a-t-elle annoncé triomphalement. Nous

nous sommes assis et nous étions prêts à commander nos cheeseburgers, nos oignons frits et nos milk-shakes quand Grand-maman Evelyn a demandé à la serveuse : « Mademoiselle s'il vous plaît, pourriez-vous me faire la monnaie ? » et elle lui a tendu *deux dollars* !

« Bien sûr, a répondu la serveuse. Vous voulez commander tout de suite ? »

« Peut-être plutôt dans un petit moment », a dit Grand-maman Evelyn. Elle nous a d'abord laissés faire une partie chacun, puis elle s'est jetée dans la bataille. Elle s'accrochait à la machine, très concentrée et n'a même pas remarqué qu'Edward, qui commençait à s'ennuyer ferme, était allé aux toilettes pour ses notes de jop.

— Qu'est-ce que c'est que ça, le jop ? demanda Amanda.

— À cette époque, la distraction favorite d'Edward était d'attribuer des notes aux toilettes publiques. Il écrivait tout sur un petit carnet et appelait ça ses notes de jop. Personne n'a jamais su ce que jop voulait dire. Il connaissait par cœur toutes les toilettes des stations-service et, le samedi, il allait en ville, demandait les clefs et mettait ses notes à jour. Il gardait toujours son carnet dans la poche-revolver de son pantalon et, où qu'on aille, il fallait toujours attendre qu'il ait fini d'inspecter les toilettes. Je ne sais pas du tout ce qu'il notait, probablement la propreté des toilettes et des serviettes, des choses comme ça. Ça lui prenait une éternité à chaque fois. Il sortait des toilettes en écrivant des suites de chiffres sur son petit carnet et disait des choses comme : «Un point zéro cinq zéro», et tout le monde lui répondait : «Formidable, Edward, franchement, ça nous soulage de le savoir», ou quelque chose dans le genre.

Dans la famille, on avait le sarcasme facile, du moins tant que Grand-maman Evelyn n'y mettait pas le holà. Bref, Edward s'en va, content comme un cochon dans son auge parce qu'il a ces toilettes inconnues à noter. Grand-maman Evelyn ne cesse de faire de la monnaie avec de nouveaux billets, et nous, nous avons de plus en plus faim. On se demande vraiment combien de temps la plaisanterie va encore durer avant qu'on dîne.

En mon for intérieur, je commence à m'inquiéter sérieusement : Grand-maman Evelyn ne serait-elle pas en train de dépenser tout l'argent du dîner ? Au moment précis où je commence à trouver qu'Edward a disparu depuis bien plus de temps qu'il n'en faut pour évaluer des toilettes, arrive la serveuse.

Elle tape sur l'épaule de Grand-maman Evelyn et lui demande :

«Excusez-moi, madame, mais vous n'auriez pas un fils qui s'appelle Edward?»

«Hmm, hmmm», fait Grand-maman Evelyn, qui trouve que ce n'est vraiment pas le moment de la déranger pour ses rejetons.

«Eh bien, on dirait qu'il est coincé dans les toilettes.»

«Allez! Allez! Allez!» dit Grand-maman Evelyn, en faisant basculer la machine et en tirant les manettes.

«Madame, *il ne peut plus sortir*», lui dit la serveuse.

«Mais non, il met des notes. Il sortira quand il aura fini», lui répond Grand-maman Evelyn. «Bingo! Bingo!» Elle a crié cela chaque fois que la boule a bien répondu à ses injonctions.

«Non, vraiment, apparemment il ne peut pas sortir. Ça fait une demi-heure qu'on l'entend hurler à travers la porte. Il semblerait qu'il ait fermé la porte à clef, qu'il ait ensuite enfoncé la main dans le distributeur de serviettes et que maintenant il ne puisse plus la sortir.»

«Vous n'avez qu'à ouvrir la porte!» cria Grand-maman Evelyn, qui était possédée d'une telle folie qu'elle ne parlait plus mais hurlait.

«On ne peut pas! On n'a pas la clef!» lui hurla la serveuse en retour.

«Comment ça, vous n'avez pas la clef? Et comment faites-vous pour faire sortir les gens qui se sont coincé la main dans le distributeur de serviettes?» cria Grand-maman Evelyn, qui continuait à introduire des pièces dans la machine et à pousser les boutons.

«La situation ne s'est jamais présentée», lui répondit aussitôt la serveuse, toujours en hurlant.

«Mais, bon Dieu! Crochetez la serrure! Enlevez la porte de ses gonds! Faut-il vraiment que je me préoccupe de tous ces détails?» cria Grand-maman Evelyn plus fort que jamais.

«C'est qu'il a l'air terrifié lui répondit la serveuse. Vous ne voulez pas venir lui *parler*?»

«Non, je ne veux pas, lui rétorqua Grand-maman Evelyn. Vous ne voyez donc pas que je suis occupée?»

À la fin, il a fallu faire venir les pompiers pour enlever la porte parce que aucune des femmes qui travaillaient au café ne savait comment faire. Grand-maman Evelyn n'a même pas remarqué l'entrée des pompiers en uniforme et armés de haches. À un moment, pendant le sauvetage, elle fut à court de pièces. Elle ne fut d'ailleurs pas seulement à court de pièces mais aussi à court d'argent, alors elle s'assit. C'est à cet instant qu'Edward est arrivé, assez secoué, dans les bras d'un pompier. Nous avions une caserne de pompiers volontaires et la ville accordait chaque année une médaille à celui qui avait accompli le fait le plus héroïque ; les pompiers passaient donc le plus clair de leur temps à se bousculer, essayant de surpasser l'héroïsme souvent futile de leurs collègues.

«Laissez-moi descendre! criait Edward. Je vais très bien!»

«Possibilité d'intoxication à la fumée», fit le pompier.

«Mais il n'y avait même pas le feu!» répondit Edward.

Devant cet argument irréfutable, le pompier le lâcha, et c'est là qu'Edward fut vraiment blessé : il atterrit lourdement sur le coccyx, qui fut sévèrement endommagé et le fit souffrir pendant des années.

«Vous aviez l'intention de me laisser là-dedans combien de temps?» fit Edward, furieux après nous tous.

Avant qu'on ne puisse répondre, la serveuse arriva et demanda sur un ton glacé : «Ça ne vous ferait rien de commander maintenant?»

Grand-maman Evelyn regarda dans son portemonnaie et répondit : «Peut-être une autre fois», et elle nous emmena dehors, où elle nous expliqua qu'elle avait dépensé tout son argent au flipper.

Nous sommes retournés lentement vers la maison, accompagnés par nos grognements d'estomac.

«Mais qu'est-ce que tu faisais avec la main dans le distributeur de serviettes, Edward?» demanda Grand-maman Evelyn, curieuse.

«J'essayais d'évaluer combien il restait de serviettes. Ça fait partie de la note», lui indiqua-t-il.

«Eh bien, si ça c'est pas débile!» fit Robbie.

«Je te signale que j'évalue toujours le nombre de serviettes qu'il reste et que c'est la première fois que je me retrouve coincé. Ça n'augure rien de bon pour la note, ça n'augure rien de bon du tout», ajouta Edward sombrement.

Personne n'a demandé à Grand-maman Evelyn d'où pourrait bien venir notre dîner ce soir-là. Nous sommes entrés tristement dans la maison et avons déduit des empreintes boueuses que nous y avons trouvées que Grand-oncle Louis était rentré, qu'il avait pris son bain et avait dîné. Nous entendions un faible ronflement en provenance de sa chambre. Sur la table de la cuisine était posé un grand élan en chocolat, premier prix de la finale de catch avec les élans.

«Mon Dieu, il devait être épuisé pour s'être endormi si tôt après le dîner, a fait remarquer Grand-maman Evelyn tout en regardant l'élan en chocolat. Tout ce catch avec les élans l'a fatigué.»

Nous nous sommes assis autour de la table, d'un commun et tacite accord nous avons brisé l'élan en chocolat, l'avons dévoré en entier, et n'avons jamais jusqu'à ce jour parlé de l'incident du flipper à qui que ce soit.

Le restaurant «Chez Murray» apparut au tournant. Melissa, Amanda, Pee Wee et Tante Sally s'assirent et commandèrent des cheeseburgers, des oignons frits et des milk-shakes. Quand la serveuse leur eut apporté leurs plats, ils levèrent leur cheeseburgers et dirent :

— À Grand-maman Evelyn !

— À Grand-maman Evelyn ! répéta Tante Sally solennellement. Et puisse-t-il y avoir des flippers au paradis.

MAUD, CELLE QUI A ABATTU
QUATRE-VINGTS COUGUARS

Les enfants passèrent la journée du dimanche à exploiter Tante Sally. Elle mit la touche finale à leurs costumes, se montra une joueuse hors pair et infatigable de bataille et de «pigeon vole», lut des contes à haute voix, en mettant le ton juste, et laissa la boîte de cookies à disposition toute la journée. Elle était vraiment le meilleur adulte que les enfants aient jamais rencontré. À l'heure du dîner, lorsqu'elle sortit du four un odorant rôti, un gratin et les immanquables haricots verts, les enfants soupirèrent bruyamment.

— Je n'arrive pas à croire que tu t'en vas demain, dit Melissa tout en s'étirant et en bâillant d'une façon dimanche-soiresque.

— Oui, il faut que tu nous racontes au moins une histoire de plus, ajouta Amanda.

— Et puis tu dois finir l'histoire des trolls, reprit Melissa.

— Tsss, tsss! fit Tante Sally en regardant Pee Wee.

— Raconte-nous une histoire pendant qu'on mange, lui demanda Amanda.

— Raconte-nous encore quelque chose sur la famille, supplia Melissa.

— Raconte-nous une histoire qui fait peur, avec des couguars et des ours, demanda Pee Wee à son tour.

— D'accord, répondit Tante Sally en s'asseyant et en repoussant pensivement son rôti et son gratin sur le bord de son assiette. Apportez-moi le dessin que j'ai fait de la famille.

Melissa alla le chercher et Tante Sally se remit à dessiner. En haut d'une colline, elle rajouta une grande maison couleur pain d'épice, flanquée de tours et d'une véranda. Une petite femme d'un certain âge, armée d'un fusil, se penchait par-dessus la balustrade. Derrière elle pendait une peau de couguar.

— Voilà, fit Tante Sally, et elle fit circuler le dessin.

— Qui c'est? demanda Pee Wee.

— C'est Maud, celle qui a abattu quatre-vingts couguars. Maud vivait sur une colline, à un demi-mile à peu près de chez nous, dans une de ces maisons gothiques à l'extérieur si étrange que ça

vous donne toujours envie d'en visiter l'intérieur.
On la connaissait un peu, assez pour la saluer si
on la croisait à l'épicerie ou si on passait devant
chez elle, mais on ne savait pas grand-chose à son
sujet. Avait-elle été mariée? D'où lui venait tout
son argent? On la supposait riche à cause de cette
gigantesque maison où elle était toujours seule.
Parfois, on se demandait ce qu'elle pouvait bien
faire toute la journée, mais elle n'était principalement qu'un repère.

— Qu'est-ce que tu veux dire par là? lui
demanda Pee Wee.

— Je veux dire que quand j'étais enfant, je
trouvais ma place dans l'univers grâce à quelques-
unes des choses qui m'entouraient et qui me sem-
blaient immuables. Il y avait la plage, les bois, l'île
de Cooter, les Hoffner et Maud qui vivait dans la
grande maison sur la colline. On disait qu'elle
avait abattu quatre-vingts couguars sur sa propriété.

Comme je vous l'ai déjà dit, je n'ai jamais vu
de couguars, bien qu'il y en ait eu beaucoup dans
les bois. Je trouvais ça bizarre qu'elle ait abattu
quatre-vingts couguars alors que moi, qui étais
tout le temps dans les bois, je n'en avais jamais vu
un seul. J'avais à l'époque une idée en tête mais
avant de la mettre en œuvre avec l'aide de John et

Edward, je voulais que nous mettions tous les trois notre courage à l'épreuve.

Tante Sally jeta à Melissa et Amanda un regard lourd de sous-entendus.

— John et Edward étaient d'accord pour qu'on mette notre courage à l'épreuve. C'est John qui a eu l'idée de ressortir les peintures dont nous nous étions servis pour les affiches et de les utiliser comme peintures de guerre, comme le faisaient les Indiens avant de se jeter dans la bataille. «Maintenant, on n'a plus qu'à trouver quelque chose qui nous demande du courage», a dit Edward.

«Oui, a dit John, qu'est-ce qu'il y a de terrifiant à faire par ici?»

«On pourrait aller marcher sur les tombes de Frank et de Caroline», ai-je proposé. Tante Hattie avait en effet fait installer leurs tombes perpendiculairement au chemin, un peu comme des marches. On ne pouvait presque plus lire les noms de Frank et Caroline tant ils étaient recouverts de saleté mais nous faisions toujours attention à ne jamais, jamais, marcher sur leurs pierres tombales et à toujours les contourner, quitte à sortir du chemin. C'était une de ces superstitions étranges et contagieuses. Edward et John m'accordèrent que briser un tabou si bien ancré serait faire preuve d'un grand courage. Nous nous sommes peinturluré le visage en jaune et en rouge puis nous sommes descendus jusqu'aux tombes et nous avons marché en plein milieu. Nous avons été·terrifiés pendant toute la semaine qui a suivi. Pourtant, rien d'horrible ne nous est arrivé et nous en avons ressenti comme de la déception.

«Nous avons besoin de mettre notre courage à l'épreuve une nouvelle fois», ai-je dit. C'était un samedi et nous traînions en grimpant aux arbres et en faisant des concours de ricochets. «On n'a qu'à aller chez Maud pour lui demander si c'est vrai qu'elle a abattu quatre-vingts couguars.»

John et Edward ont approuvé mon idée. Nous avons décidé que ce serait encore plus courageux si on commençait par l'espionner. Tant qu'à faire, autant y passer la journée. Nous sommes partis par la route, puis nous avons escaladé la colline pour arriver derrière sa maison et l'espionner par les fenêtres. Elle avait des meubles lourds et sombres, des miroirs aux cadres dorés et des napperons partout. On aurait dit un musée. John décida qu'on devait escalader l'auvent de la véranda pour regarder par les fenêtres du second étage. Nous nous promenions sur l'auvent, regardant de chambre en chambre, quand la tête de Maud a soudain jailli d'une fenêtre et qu'une question a fusé: «Mais qu'est-ce que vous fichez là?»

C'était une très bonne question. C'était même une si bonne question qu'Edward en est presque tombé du toit en cherchant une réponse. Il se retenait à une gargouille quand il lui lança finalement : «Est-ce que c'est vrai que vous avez tué quatre-vingts couguars sur votre propriété ?»

«Mon Dieu, c'est juste pour ça ? a répondu Maud, qui était sortie par la fenêtre et s'approchait d'Edward en rampant. Essaye de ne pas casser cette gargouille, petit. C'est tellement difficile à faire réparer de nos jours !»

— C'est quoi une gargouille ? a demandé Melissa.

— C'est une espèce de statue qui dépasse du toit et qu'on trouve contre les vieilles maisons. C'était vraiment gentil de la part de Maud de monter sur le toit, d'autant plus qu'elle avait déjà un certain âge et qu'elle était assez épaisse (massive plus que grasse, d'ailleurs) : on se rendait rapidement compte que le toit n'était pas son milieu naturel. Elle s'avança prudemment jusqu'à Edward qu'elle finit par attraper par la ceinture pour le tirer jusqu'à elle, pendant qu'il essayait désespérément de remonter une jambe sur le toit. Ils y mirent toute leur énergie jusqu'à ce qu'il soit tiré d'affaire. Nous sommes restés assis là quelques minutes, le cœur battant.

«Voulez-vous entrer?» a finalement proposé Maud. Nous sommes donc entrés timidement par une fenêtre, avons traversé une chambre et une salle de bains sur la pointe des pieds avant de redescendre au rez-de-chaussée. Je n'ai pas arrêté de donner des coups de coude aux garçons pour leur signaler chaque peau de couguar devant laquelle on passait; et il y en avait partout, sur les rampes d'escalier, tendues au-dessus des cheminées ou jetées négligemment devant comme des tapis. «Vous avez vraiment abattu tous ces couguars?» demanda Edward.

«Eh bien, tu sais, ils ne sont pas morts de vieillesse», lui répondit Maud.

«Houaou! fit John. Est-ce qu'on peut voir votre carabine?»

Maud nous apporta une vieille carabine de chasse, que nous examinâmes attentivement. Elle nous montra les animaux empaillés qu'elle avait chez elle: un hibou, un serpent, un rouge-gorge sur une branche d'arbre. Quand Maud parlait de préserver la nature, ça n'avait pas le même sens que pour la plupart des gens.

«Avez-vous vraiment abattu ce petit rouge-gorge?» n'ai-je pu m'empêcher de lui demander.

«Bien sûr que non, mon chou, je ne ferais jamais une chose pareille, la balle ferait un trop gros trou. J'ai dû coudre un minuscule oreiller et étouffer le cher petit avec. Ah, je déteste devoir faire ce genre de chose!»

À ce moment précis, je me suis dit qu'il était temps de rentrer.

«Faut qu'on rentre», ai-je dit en traînant les garçons vers la porte.

«Bon, saluez votre mère pour moi, a répondu Maud. Et, si vous n'avez rien à faire samedi matin, revenez me voir et je vous emmènerai chasser le couguar. Haro, haro!»

John, Edward et moi nous sommes un peu disputés sur le chemin du retour. Les garçons voulaient aller chasser le couguar. En fait, c'était vraiment ce dont ils rêvaient. Moi, je ne me sentais pas très à l'aise avec Maud.

«Et d'abord, qu'est-ce que ça veut dire, "haro, haro"?» ai-je demandé.

«Chais pas, répondit John. Peut-être que ça ne voulait rien dire.»

«Ou peut-être qu'on a mal entendu. Peut-être qu'elle a dit: "En haut, en haut"», suggéra Edward.

«Et pourquoi nous aurait-elle dit d'aller en haut? On était en train de partir, je te signale! lui ai-je rétorqué. Je trouve qu'il y a quelque chose de pas normal chez elle, sans parler de sa ménagerie d'animaux morts.»

«C'est bien pour ça que ce sera une bonne façon de mettre notre courage à l'épreuve, persista Edward. Si on n'avait pas peur d'y aller, ça n'aurait rien à voir avec le courage.»

«Tu n'as pas peur d'y aller toi, lui ai-je répondu. Tu en as même *envie*.»

«J'en tremble», a dit Edward, et il a crispé la mâchoire. Quand il prenait cet air-là, ce n'était pas la peine de discuter avec lui.

Edward m'a tannée toute la semaine, jusqu'à ce que j'accepte d'aller chasser le couguar. Le samedi suivant, nous sommes arrivés chez Maud tout de vert vêtus, en tenue de camouflage pour aller dans la forêt. Edward voulait qu'on se peigne à nouveau le visage en rouge et jaune, mais John et moi pensions que cela attirerait un peu trop l'attention des couguars.

Maud était vêtue de bottes en caoutchouc, d'un large pantalon vert et d'une veste de chasse rouge; elle portait une carabine à la main et un couteau à la ceinture.

«Si on en attrape un, est-ce qu'on pourra garder la peau?» lui demanda Edward.

«Ça coûte très cher par ici d'aller chez l'empailleur, lui répondit Maud. C'est pour ça que je n'ai pas pu garder les quatre-vingts couguars que j'ai abattus.»

«Qu'est-ce que vous avez fait de ceux que vous n'avez pas gardés?» lui ai-je demandé.

«Je les ai jetés dans la forêt, d'où ils venaient. Laissons mère Nature faire son ouvrage, voilà ce que je dis toujours», m'a répondu Maud.

«Peut-être que Grand-oncle Louis le fera empailler pour nous», chuchota Edward.

«Bien sûr, et qui va lui demander? Toi, peut-être, en tant qu'adorateur des becs-de-flûte?» ai-je murmuré, acerbe.

«On pourrait demander à Robbie», a proposé Edward.

«Avant ou après qu'on le donne aux trolls?» a murmuré John. Comme je vous l'ai déjà dit, on avait tous l'ironie facile dans la famille.

— Le donner aux quoi? demanda Pee Wee.

— Aux rien, a coupé Melissa sèchement.

— Est-ce que tu as vraiment besoin de tout savoir? a ajouté Amanda.

Tante Sally lança à Pee Wee un regard plein de sympathie et continua:

— Nous nous étions avancés au cœur de la forêt. Il n'y avait rien à part les vertes branches des arbres au-dessus de nos têtes, si nombreuses qu'on ne pouvait voir le ciel et si denses que, quand il pleuvait, seule une brume légère passait au travers.

— Comme dans la jungle, commenta Amanda.

— Comme en Amazonie, ajouta Melissa.

— Comme Tarzan, dit Pee Wee, et il poussa un long cri.

— La ferme, lui dit Amanda en se bouchant les oreilles.

— Surveille un peu ton langage ! s'exclama Tante Sally. Donc nous étions là, nous enfonçant toujours plus profondément dans les bois et Maud a commencé à nous raconter des histoires de couguars. En fait, nous avons découvert ce jour-là qu'elle souffrait d'une véritable obsession pour les histoires de couguars.

— C'est quoi une obsession ? demanda Amanda.

— Un grand intérêt, lui expliqua Melissa.

— Elle a commencé par l'histoire d'une mère et de ses trois enfants qui faisaient du cheval en Colombie-Britannique intérieure, où ils étaient en vacances. Intérieure, ça veut dire sur le continent, pas sur l'île de Vancouver, intérieure parce que à l'intérieur d'une province.

— C'est quoi une province ? demanda Pee Wee.

— Tais-toi, toi ! a fait Melissa.

— C'est comme un État, Pee Wee, comme l'Ohio par exemple. Bref, ils étaient en train de faire du cheval quand un couguar a surgi des buissons, a fait tomber le plus jeune des trois enfants de son cheval et a commencé à le scalper. La mère se met à hurler, saute à bas de son cheval, se rue sur le couguar et commence à se battre avec lui. En même temps, elle crie à ses deux autres enfants de ramasser le petit garçon et d'aller chercher de l'aide. Ils le ramassent donc et courent à travers les bois jusqu'à ce qu'ils arrivent à une route, sur laquelle ils trouvent heureusement un homme armé d'une carabine. Mais le temps qu'ils l'amènent sur les lieux du combat, le couguar a traîné la mère dans les buissons et est tranquillement en train de la dévorer.

Nous avons été horrifiés par cette histoire. J'avais toujours pensé que, si jamais je rencontrais un couguar dans les bois, je me mettrais à hurler et à lui jeter des pierres et des bouts de bois jusqu'à ce qu'il prenne la fuite, mais je me rendis soudain compte que les actes de grand courage, comme celui qu'avait fait cette femme, n'étaient pas toujours couronnés de succès. Au moins pour les hommes. Je suppose que le couguar était quant à lui content de son petit succès.

J'ai dit: «Ça ne m'a pas l'air très couguareux aujourd'hui; si nous allions plutôt prendre un bon petit déjeuner.»

«Pas d'inquiétude, petite, a fait Maud. J'ai aussi peur des couguars que toi, mais souviens-toi, nous, nous avons une carabine.» Puis elle se lance dans une deuxième histoire de couguar. J'avais agrippé la main d'Edward, que je tenais fermement malgré ses tentatives pour se libérer de mon étreinte. Elle raconte comment un homme était parti à la chasse aux canards avec son chien. Le chien part devant pour ramener un col-vert*, mais il ne revient pas. Alors l'homme l'appelle, l'appelle encore et finalement s'énerve; il part chercher son chien. Il voit une trace dans les hautes herbes près du lac et pense que c'est celle de son chien, mais bien sûr ce n'est pas ça, nous sommes dans une histoire de Maud et c'est la trace du couguar qui a mangé le chien. Il saute sur l'homme et le dévore aussi. À ce moment-là, John veut rentrer à la maison lui aussi. Mais Maud continue à avancer à toute vitesse en racontant histoire de couguar sur histoire de couguar. Aucune d'entre elles ne se finit par la mort du couguar, ce qui, d'après le nombre de couguars empaillés que l'on voit en ville, doit quand même arriver assez régulièrement: non, dans les histoires de Maud, c'est toujours le couguar qui gagne.

Maud s'assit quelques minutes sur un tronc d'arbre pour se reposer et nous crûmes avec soulagement que nous allions faire demi-tour. Au lieu de quoi, elle nous raconta l'histoire d'une famille

* Le col-vert est un canard sauvage. (*N.d.T.*)

144

de douze personnes qui étaient allées se promener dans les bois et qu'on avait retrouvées mortes, dévorées par toute une famille de couguars, ou quelque chose dans ce goût-là. Maintenant, même Edward veut rentrer à la maison. Ça fait longtemps que j'ai arrêté d'écouter les histoires que nous raconte Maud et que je tente de me réciter l'alphabet à l'envers, ce que je fais toujours quand je veux éviter de penser à quelque chose d'horrible qui est en train de se passer.

« S'il vous plaît, s'il vous plaît, je supplie Maud. S'il vous plaît, je ne veux pas me faire dévorer par un couguar. » Quand, brusquement, elle tire un coup de feu et hurle : « EN VOILÀ UN ! » Et elle se lance sur sa piste.

On ne peut rien faire d'autre que la suivre. Nous savons que ce serait pure folie que de tourner les talons et de rentrer en courant à la maison. Nous serions une proie trop facile pour les couguars et, de plus, c'est Maud qui a le fusil.

Nous courons donc après elle et moi je prie pour qu'elle soit un aussi bon fusil qu'on le dit. Juste à ce moment-là, elle vise en haut d'un arbre et tire un nouveau coup de feu, mais rien ne tombe.

« On dirait qu'il s'en est tiré cette fois-ci, dit-elle. Mais ne vous inquiétez pas les mômes, il est toujours là, quelque part, prêt à attaquer à n'importe quel moment, de n'importe quel côté, si on baisse la garde. Du bœuf séché, quelqu'un ?»

Inutile de préciser qu'aucun de nous n'avait envie de mâchouiller du bœuf séché et Maud haussa les épaules et en enfourna un morceau dans sa bouche. Et nous avons repris la marche, avec Maud qui allait d'un pas gai et assuré, la carabine crânement posée sur l'épaule.

«Vous ne pensez pas que vous devriez la tenir prête ?» lui demanda John en désignant la carabine du doigt.

«Mon Dieu, non, le coup pourrait partir par accident et vous blesser, toi, Edward ou Sally.»

Et nous avons continué à marcher, Edward, John et moi nous dévissant le cou à la recherche du couguar. De temps en temps, nous suggérions les uns après les autres de rebrousser chemin, mais Maud se contentait de chanter une petite chanson qui disait : «Aujourd'hui, je chasse le couguar, haro, haro !» Finalement, alors que nous avons les nerfs si tendus qu'ils sont près de se rompre, Maud se met brusquement en position de tir et lâche un coup de feu. Je suis un peu soulagée de voir qu'elle peut saisir sa carabine, l'armer et tirer en une fraction de seconde. Un écureuil tombe du haut d'un arbre.

«QUATRE-VINGT-UN!» exulte-t-elle.

Edward, John et moi échangeons un regard. Qui va lui dire?

«Maud, dis-je finalement sur un ton très calme, c'est un écureuil.»

Elle ne me prête pas la moindre attention; elle se contente de ramasser l'écureuil mort par la queue et de le jeter dans le sous-bois.

«Est-ce qu'on peut rentrer à la maison maintenant?» demandons-nous alors, mais Maud ne fait pas attention. Elle avance gaiement, mâchouillant son bœuf séché, la carabine posée crânement sur l'épaule. Nous ne sommes toujours pas sûrs de savoir si Maud a vu un couguar ou pas. Le fait qu'elle croie que l'écureuil qu'elle vient d'abattre en soit un n'augure rien de bon. Nous sommes toujours sur le qui-vive, guettant les couguars quand elle tire encore un coup de fusil. Quelque chose de relativement gros court vers nous à travers les bois. John, Edward et moi nous précipitons les uns sur les autres.

«Ne tirez pas! Ne tirez pas!» crie la forme qui court, mais Maud continue à tirer.

«ARRRG!» entendons-nous alors qu'un homme fonce sur nous en courant. Maud l'a blessé à l'épaule et le sang dégouline le long de son bras.

«QUATRE-VINGT-DEUX!» hurle Maud.

«Quatre-vingt-deux *quoi*? demande John d'une voix suraiguë, *Maud*, c'est le *postier*! Vous venez de tirer sur M. Henderson, le *postier*!»

«Pour l'amour de Dieu, Maudie, posez ce fusil!» supplie M. Henderson.

«Hank, ça alors, quel plaisir de vous rencontrer ici, lui répond Maud. On cherche à avoir quelques couguars. Dites donc, c'est du sang sur votre bras? Vous feriez bien de rentrer chez vous et de demander à Lilian de vous faire un pansement.»

M. Henderson, qui n'a pas été mortellement blessé mais seulement égratigné, s'en va en se tenant l'épaule et en grommelant dans sa barbe.

À ce moment-là, Edward, John et moi n'avons plus peur des couguars, mais nous sommes tout simplement terrifiés par Maud. Nous craignons que, si jamais nous partons en courant, elle ne nous tire dessus en hurlant: «QUATRE-VINGT-TROIS! QUATRE-VINGT-QUATRE! QUATRE-VINGT-CINQ!» Edward murmure: «Je suis étonné qu'elle n'en soit qu'à quatre-vingts après toutes ces années.» Maud ne l'entend pas parce qu'elle continue à chanter sa chanson, «Aujourd'hui je chasse le couguar, haro, haro!», entrecoupée de pauses et de coups de feu qu'elle tire indifféremment sur les oiseaux, les branches des arbres, les écureuils et les ratons laveurs endormis.

Elle en est arrivée à quatre-vingt-dix quand elle décide que ça suffit et qu'il est l'heure de rentrer : elle fait demi-tour et repart dans les bois en sifflotant.

« On en a eu quelques-uns aujourd'hui, pas vrai les enfants ? dit-elle. Vous voulez entrer pour manger quelques œufs ? »

Nous lui disons non merci et rentrons à la maison.

Tante Sally se leva, s'étira et dit :

— C'est la fin de l'histoire.

— Je crois qu'après cette histoire je n'irai plus jamais dans la forêt, commenta Amanda.

Tante Sally sourit, le regard dans le vague :

— Oh si, tu y retourneras Amanda. Un jour tu devrais venir me voir. Tu n'imagines pas la beauté de ces forêts. Comme le calme y est grand, une grande paix qui s'étend sur la terre. Et maintenant, quelqu'un veut de la glace ?

LA PETITE FILLE GROSSE ET MESQUINE

À l'heure du coucher, alors que Tante Sally mettait Pee Wee au lit et que Melissa et Amanda tournaient en rond devant la porte de la chambre, Pee Wee exigea :

— Raconte-nous le reste des histoires du dessin.

— Mais, Frank, je vous ai raconté toutes les histoires, lui répondit Tante Sally en lissant ses couvertures.

— Pas vrai, fit Pee Wee. Tu ne nous as pas raconté l'histoire de la Petite Fille grosse et mesquine.

— Oui, il a raison, s'en mêla Melissa, qui entra dans la chambre et s'assit par terre.

— Tu peux nous la raconter maintenant, proposa Amanda en la rejoignant.

— Mais il est l'heure que Frank se couche, leur répondit Tante Sally. Et en plus demain sera une journée chargée : vos parents rentrent et vous avez école. Il faut dormir.

— Il *faut* que tu nous la racontes maintenant, insista Melissa. Parce que demain tu t'en vas.

— S'il te plaît, supplia Amanda.

— S'il te plaît, supplia Frank.

— D'accord, dit Tante Sally.

— Et si tu pouvais rajouter un ours dans l'histoire… lui demanda Pee Wee.

— Je n'ajoute rien dans mes histoires, lui répondit Tante Sally. Je vous raconte la vérité, la vérité nue, toute la vérité et rien que la vérité. La Petite Fille grosse et mesquine vivait près de chez nous. Son père était directeur de l'usine. Elle et Lyla étaient dans la même classe et la Petite Fille grosse et mesquine venait souvent à la maison pour jouer avec Lyla. En général, Lyla jouait avec elle si elle n'était pas occupée à autre chose mais, si elle était occupée, Grand-maman Evelyn essayait toujours de nous faire jouer avec elle, les garçons et moi. On ne pouvait pas la supporter et, je suis sûre que vous le savez, il n'y a rien de tel pour vous faire mépriser quelqu'un que de vous obliger à jouer avec lui.

Parfois, la mère de la Petite Fille grosse et mesquine l'accompagnait. Elle avait elle-même le tour de taille d'une montgolfière, et elle devait cacher un bien sombre secret puisque John, Edward et moi avons souvent surpris Tante Hattie et Grand-maman Evelyn parler d'elle à voix basse après son départ. Maintenant il est trop tard, j'aurais dû demander à Grand-maman Evelyn quel était ce sombre secret. Elle ne me l'aurait sûrement pas dit à l'époque, mais elle me l'aurait certainement confié une fois que j'ai été adulte. Prenez-en de la graine, posez toutes les questions que vous voulez à vos parents avant qu'il ne soit trop tard, et ce qu'ils ne voudront pas vous dire sur votre famille, moi, je vous le dirai.

Bon, revenons à notre histoire : de temps en temps, il arrivait qu'on me traîne avec Lyla chez la Petite Fille grosse et mesquine, pour jouer avec elle. Comme elle était vraiment mesquine, elle était en général très méchante avec moi, elle emmenait Lyla et me laissait seule dans sa chambre. Elle avait une chambre géante, pleine de tout ce qui est imaginable pour jouer : une petite cuisinière, un petit évier, des étagères couvertes de poupées et d'habits de poupée, des dînettes, des pots et des casseroles en plastique, des trains électriques, des cubes multicolores ; la chambre était tout simplement engloutie sous les jouets.

Ça me rendait très mal à l'aise. Je trouvais qu'il devait se passer quelque chose de vraiment bizarre dans cette maison où les adultes se sentaient obligés de répondre ainsi à toutes les exigences d'un enfant de façon aussi extravagante. Je n'aimais pas du tout qu'on me laisse dans cette chambre en jouets mais, bien sûr, quand j'étais invitée, Grand-maman Evelyn me forçait à y aller. Je n'ai jamais compris pourquoi la Petite Fille grosse et mesquine ne me laissait pas tranquille et continuait à m'inviter au lieu de se contenter d'inviter Lyla.

Les choses ont continué comme ça pendant quelques années. Elle était exactement comme un moustique la nuit. C'est juste au moment où on croit qu'il est parti qu'il se remet à faire du bruit. Et puis un jour, pour une petite raison grosse et mesquine connue d'elle seule, la Petite Fille grosse et mesquine décida qu'elle ne voulait plus jouer avec Lyla, et qu'elle voulait que plus personne ne joue avec elle. Elle avait découvert que, en tant que fille d'un des directeurs de l'usine, elle avait beau être grosse et mesquine, elle avait néanmoins un pouvoir qu'elle n'avait même pas commencé à exploiter.

Au début, elle a distribué de petits jouets futiles et des bonbons à toutes les filles de sa classe, sauf Lyla. Ensuite, elle a annoncé qu'elle ne donnerait plus de petits jouets futiles et de bonbons à quiconque jouerait avec Lyla. Et Lyla s'est retrouvée complètement seule. La plupart des enfants dont les parents travaillaient à l'usine étaient comme nous, ils ne voyaient jamais de jouets venant des magasins et ne recevaient pas de cadeaux, sauf peut-être à Noël ou aux anniversaires. Lyla n'a jamais été si impopulaire ni si seule de sa vie qu'à cette époque. Personne ne lui parlait, personne ne déjeunait avec elle ; tout le monde entourait la Petite Fille grosse et mesquine pour voir ce qu'elle allait sortir de son cartable. Lyla n'a jamais été très douée pour contrecarrer ce genre de manœuvres. Elle devenait de plus en plus silencieuse. Nous nous faisions du souci pour elle. John, qui était le plus proche d'elle, eut une idée. Un samedi, il suggéra que nous allions voir les sorcasses.

— Qu'est-ce que c'est ? demanda Pee Wee.

— Des sorcières, lui répondit Tante Sally.

— Mais ça n'existe pas, l'interrompit Melissa.

— Pas des sorcières avec des balais. Il serait plus juste de parler d'une religion alternative. Les îles au large du Canada attiraient une foule de gens qui voulaient quitter la terre pour entrer dans une dimension plus intéressante. Il y avait des sorcières et d'autres groupes de gens étranges un peu partout sur les plages. John était en classe avec un petit garçon nommé Trevor dont la mère était sorcière, et c'est ça qui lui a donné l'idée. La plupart des dames de la ville n'appréciaient pas les sorcières, certaines parce qu'elles pensaient que ce n'était qu'un moyen absurde pour se faire mousser, d'autres parce qu'elles les prenaient pour des suppôts de Satan. John suggéra qu'on demande à Trevor de nous emmener à la prochaine réunion de sa mère, afin qu'on puisse obtenir un sortilège pour ensorceler la Petite Fille grosse et mesquine. Trevor accepta, à la condition qu'on lui laisse le temps de rentrer chez lui avant que sa mère nous voie, parce qu'elle le terrifiait.

Les sorcières se revendiquaient comme une espèce de groupe ultraféministe en phase avec la nature, la lune, tout ça, mais la mère de Trevor était surtout un dragon. Je l'avais vue secouer Trevor si fort en plein milieu de la grand-rue que ses dents s'entrechoquaient. À la pleine lune, Trevor nous emmena sur une langue de terre qui s'enfonçait dans l'océan, là où les sorcasses avaient allumé un grand feu. Nous avons juré à Trevor que nous n'avouerions jamais que c'était lui qui nous avait amenés là, quand bien même on nous torturerait à coups de fouet.

– Est-ce qu'elles ont utilisé des fouets ? demanda Amanda.

– Trevor nous avait dit qu'elles voulaient vendre ceux qu'elles fabriquaient de façon artisanale, en faisant du porte-à-porte, comme font les scouts pour vendre des cookies. Tous ces groupes étaient assez doués pour trouver des fonds. Bien sûr, personne ne frappait jamais à notre porte pour nous vendre quoi que ce soit, parce que nous habitions hors des sentiers battus. Bon, bref, elles étaient là, dans leurs longues robes noires ornées de croissants de lune et de lettres incompréhensibles. Nous sommes restés cachés dans les buissons, à les regarder chanter et danser autour du feu, dans lequel elles jetaient des poudres colorées.

Edward chuchota: «Si elles sont tellement en phase avec la nature, comment ça se fait qu'elles ne sachent pas qu'on est cachés dans les buissons?»

Et puis, j'ai éternué. Je n'oublierai jamais ce moment-là. Et elles se sont toutes retournées ensemble et ont *couru* vers nous. Vous savez, c'est une chose d'espionner des sorcières, c'en est une autre d'être chargé par elles. Ce fut une belle bousculade pour sortir de ce buisson. John trébucha et nous étions en train de l'aider à se relever quand elles ont fondu sur nous.

La mère de Trevor nous a reconnus et a dit de sa voix ordinaire et exaspérée: «Bon, Edward, John et Sally. Qu'est-ce que vous foutez là?»

Je suppose que je m'attendais à ce qu'elle parle comme une sorcière, mais elle était tout simplement comme n'importe quelle mère énervée, sauf qu'aucune des mères que nous connaissions ne disait de gros mots.

«Nous sommes venus pour un sortilège», a dit John.

«C'est pour ensorceler la Petite Fille grosse et mesquine», a précisé Edward.

Je lui ai donné un coup de coude, parce que la plupart des adultes nous auraient dit de ne pas parler comme ça, mais les sorcasses nous ont juste regardés, pensives.

«Qu'est-ce que vous voulez lui faire exactement?» a demandé la mère de Trevor.

«Bon, déjà, on ne veut pas la tuer», ai-je dit, rétrécissant les possibilités.

«Oh, pour l'amour de Dieu, ne nous fais pas perdre notre temps! a dit la mère de Trevor. Tu nous prends pour qui, pour la mafia?»

«On ne fait que les bons sortilèges», a précisé une autre sorcasse.

«Eh bien, ça ne nous sera pas très utile, ai-je dit, parce qu'elle torture ma sœur et la force à rester toute seule et, nous, on veut que ça s'arrête.»

«Pourquoi ne pas *essayer* avec une petite bonté?» a proposé une des sorcasses.

«Ça vous coûtera neuf dollars et quatre-vingt-dix-neuf cents, plus la TVA», a précisé la mère de Trevor, qui se montrait terriblement mercantile pour quelqu'un qui dansait sous la lune à peine quelques minutes avant.

«Nous n'avons pas tout cet argent», ai-je dit.

«On n'a même pas la TVA», a ajouté John.

«Alors, fichez-moi le camp», a tranché la mère de Trevor.

«Est-ce qu'on ne peut pas rester un peu pour vous regarder jeter quelques sorts?» demanda Edward.

«On n'est pas au cirque», a dit sèchement la mère de Trevor, en nous jetant un tel regard de sorcière que nous avons tourné les talons et sommes partis en courant.

«Neuf dollars et quatre-vingt-dix-neuf cents plus la TVA, a dit Edward quand nous nous sommes arrêtés sur le seuil de la maison pour souffler. Elles sont folles ou quoi?» Question qui, à mon sens, ne faisait que répéter l'évidence. «Où est-ce qu'on va trouver tant de pognon?»

Fort heureusement, une occasion se présenta peu après. Le soir suivant, après le dîner, Robbie était dans le salon, en train de dessiner avec les crayons que Grand-oncle Louis lui avait offerts. Nous étions tous assis autour de lui, occupés à ronger des bâtons.

«Qu'est-ce que tu dessines, Robbie?» a demandé Grand-oncle Louis. Robbie lui a tendu son dessin et Grand-oncle Louis s'est exclamé:

«Evelyn, je pense que cet enfant a du talent!»

«Mais oui, bien sûr qu'il a du talent», lui a répondu Grand-maman Evelyn. Elle était toujours très polie, mais plus les années passaient et plus Grand-oncle Louis la rendait folle.

«Et le talent doit être récompensé. Robbie, attrape-moi mon portefeuille sur le bureau.»

Robbie attrapa le portefeuille pendant que, Edward, John et moi, nous regardions la scène avec des yeux ronds. Il en sortit un dollar entier, qu'il donna à Robbie. Ce dernier s'inclina et retourna à son dessin.

«Louis, je peux te parler une seconde?» dit Grand-maman Evelyn, et elle emmena Grand-oncle Louis hors de la pièce. Je ne sais pas ce qu'elle a bien pu lui dire, qu'il ne fallait pas privilégier Robbie ou bien qu'il ne fallait pas nous donner d'argent, à nous les enfants, mais Grand-oncle Louis n'a jamais recommencé, en public du moins: Robbie était plus que ravi de nous apprendre très régulièrement que Grand-oncle Louis lui avait glissé un billet. La solution à notre crise financière s'imposa d'elle-même.

— Vous avez pris l'argent de Papa? demanda Amanda.

— Parfaitement. Robbie cachait son argent n'importe où dans sa chambre. Il y avait des dollars dans les poches de ses vieux pantalons, des dollars sur ses étagères, couverts de poussière. Nous y sommes allés tous les jours ou presque, jusqu'à ce qu'on ait récolté la somme rondelette de onze dollars, qui devait couvrir à notre avis les neuf dollars et quatre-vingt-dix-neuf cents plus la TVA. Aucun de nous trois ne savait vraiment à combien s'élevait la TVA sur neuf dollars et quatre-vingt-dix-neuf cents.

— Il n'en a pas eu besoin ? demanda Amanda.

— Si, il en a eu besoin. Ou plutôt il a cru en avoir besoin. Mais il était si peu soigneux avec ses affaires et Grand-oncle Louis lui donnait tellement d'argent, qu'il n'était jamais très sûr de combien il avait. Nous pensions lui apprendre ainsi à prendre soin de ses affaires. Il essayait d'économiser pour s'acheter un poney, nous pensions donc lui apprendre par la même occasion à avoir des espoirs réalistes.

— Un peu comme nous on essaye de faire progresser Pee Wee, a dit Amanda.

— Exactement, lui a répondu Tante Sally.

Mais Melissa trouva qu'elle lui avait vraiment lancé un drôle de regard. Pas sympathique du tout.

— Quand nous avons eu nos onze dollars, nous avons demandé à Trevor quand se tenait la prochaine réunion des sorcasses. Il nous apprit qu'elles se réunissaient toujours à la pleine lune ;

nous avons donc attendu la pleine lune suivante et nous sommes descendus sur la plage. Nous leur avons donné les onze dollars, en échange de quoi elles nous ont tendu une petite fiole pleine d'une poudre rouge.

«Vous ne nous rendez pas la monnaie?» ai-je demandé.

«Vous vous croyez où? À l'épicerie du coin ou quoi? a demandé la mère de Trevor. Maintenant, écoutez-moi bien, cette poudre devrait rendre votre petite fille beaucoup moins mesquine, mais il faut la mélanger à de la nourriture. Pigé? Il faut qu'elle la prenne en mangeant. C'est très acide, et personne ne veut qu'elle ait un ulcère, pas vrai?»

«Personne ne veut une chose pareille», dit Edward.

«Très clairement», ajouta John.

«Barrez-vous», dit la mère de Trevor et, croyez-moi, nous sommes partis sans demander notre reste.

Le lendemain, nous avons saupoudré nos cookies au chocolat de poudre rouge. C'était un bien grand sacrifice, mais il fallait sauver Lyla. Ensuite, nous avons donné les biscuits à la Petite Fille grosse et mesquine, qui était si mesquine qu'elle n'a même pas dit merci et les a engloutis aussitôt. Nous avons attendu qu'elle devienne gentille, mais rien, elle est restée aussi grosse et mesquine qu'avant.

«Et maintenant, qu'est-ce qu'on fait?» ai-je chuchoté à Edward.

«On ne peut rien faire d'autre que de lui donner aussi le reste de notre déjeuner, m'a répondu Edward. Elle est si mesquine qu'il doit lui falloir une dose plus forte, une dose énorme.»

«Mais est-ce qu'on va réussir à lui faire avaler tout ça?» a demandé John.

«Il faut qu'on essaye», ai-je dit, désespérée.

Nous avons pris nos sandwichs et nos pommes, les avons saupoudrés de poudre rouge et les avons donnés à la Petite Fille grosse et mesquine. Eh bien, ce n'est pas pour rien qu'on l'appelait la Petite Fille grosse et mesquine: elle a avalé tout notre déjeuner aussi facilement qu'un aspirateur avale la poussière, mais ça ne l'a pas rendue plus gentille. Elle était plus grosse et plus mesquine que jamais. Nous avons donc fait une collecte. Nous avons demandé aux autres élèves de nous donner des biscuits et du fromage, des chips et des bonbons.

Edward se promenait en disant: «Donnez pour les pauvres, donnez pour les pauvres!» John répandait de la poudre rouge sur tous les aliments et la Petite Fille grosse et mesquine les mangeait. C'était incroyable: elle avalait sans poser de questions tout ce qu'on lui proposait. Ça en devint presque fascinant au bout d'un moment. Mais elle n'en était pas plus gentille pour autant, et nous n'en étions que plus désespérés. La récréation de midi était presque finie. Juste au moment où la cloche a sonné et où nous avons commencé à remonter du terrain de jeux vers la porte de l'école, la Petite Fille grosse et mesquine s'est courbée en deux et a vomi. Elle a vomi sur ses chaussures, sur sa robe et sur ses bas. Quand elle s'en est aperçue, la maîtresse lui a demandé: «Mon Dieu, mais tu es malade, ma petite?»

«Non, lui a répondu la Petite Fille grosse et mesquine. C'est de leur faute, ils m'ont fait trop manger. »

«On peut amener un âne à la rivière, mais on ne peut pas le forcer à boire, lui a répondu sagement la maîtresse, devant tous les élèves agglutinés dans la cour de l'école pour regarder ce spectacle. Je crois que tu ferais bien de rentrer chez toi et de te changer avant de revenir à l'école. »

La Petite Fille grosse et mesquine rentra chez elle et dit à sa mère que la maîtresse l'avait traitée d'âne. La mère de la Petite Fille grosse et mesquine a d'abord tenté de faire renvoyer la maîtresse, et puis elle a finalement mis la Petite Fille grosse et mesquine dans une école privée près de Duncan, et on ne nous a plus jamais obligés à jouer avec elle. Lyla n'a jamais su ce que nous avions fait pour elle, ce qui est aussi bien, parce que je ne suis pas persuadée qu'elle aurait apprécié nos méthodes.

— Mais, à ton avis, c'est le sortilège qui l'a fait vomir? demanda Melissa.

— Mon Dieu, non! Cette gamine avalait tout ce qui passait, et qui sait ce que c'était que cette poudre. Pas du poison, puisqu'il n'y avait pas d'effets secondaires, c'était plus probablement une arnaque de ces femmes, ou alors simplement de l'autopersuasion. Elles espéraient tellement avoir des pouvoirs surnaturels qu'elles se sont finalement persuadées en avoir. John voulait récupérer notre argent, sous le prétexte que ce qu'elles avaient prédit, à savoir que la Petite Fille grosse et mesquine deviendrait gentille, n'était jamais arrivé. De toute façon, comme tout s'est bien fini, nous avons finalement décidé de laisser tomber.

— Je suis presque triste pour cette Petite Fille grosse et mesquine, dit Amanda.

— Pourquoi? lui demanda Melissa. Elle était franchement désagréable.

— Je sais, mais vomir en public, c'est tellement gênant! se justifia Amanda.

— Elle a eu sa vengeance, dit Tante Sally soudain sérieuse.

— Comment? demanda Pee Wee. Est-ce qu'elle a mis de la poudre rouge sur vos aliments?

— Non, pire. Une fois grande, elle a épousé votre Oncle Edward, leur dit Tante Sally.

— NON! hurla Melissa. C'était Tante Marianne, celle qui est morte noyée en mer avec Oncle Edward pendant leur lune de miel?

— Tout juste. C'est pour ça que je l'ai mise sur le dessin, sinon je l'aurais aussitôt oubliée, bien qu'elle ait pris beaucoup de place.

Tante Sally regarda son dessin et soupira.

— Il faudrait que je vous fasse quelque chose de mieux que ce méchant dessin au crayon. Dès que je rentre chez moi, je sors mes peintures et je vous en enverrai un nouveau pour Noël.

— Tu n'oublieras personne, n'est-ce pas? lui dit Amanda en étudiant le dessin.

— Non, lui répondit Tante Sally. Je n'oublierai personne.

Quand Pee Wee fut endormi, Tante Sally rejoignit les filles dans leur chambre pour leur souhaiter bonne nuit.

— Il faut que tu finisses l'histoire des trolls ce soir, lui dit Amanda.

— Mais c'est déjà l'heure de l'extinction des feux ! lui répondit Tante Sally.

— Tu n'as qu'à éteindre la lumière et nous raconter l'histoire dans le noir, lui proposa Melissa.

Tante Sally éteignit la lumière et poussa un soupir si faible qu'on l'entendit à peine dans le noir. Puis elle s'assit dans le rocking-chair qui craqua sous son poids et elle se balança en silence jusqu'à ce que les filles se demandent si elle allait leur raconter l'histoire ou pas.

Comme si elle lisait dans leurs pensées, elle dit :
— J'essaye juste de bien me souvenir… ce qui est difficile lorsqu'il s'agit de souvenirs douloureux. La pensée tente d'éviter certains détails. C'était Halloween et Robbie était en CM1. Ça faisait plus

d'un an qu'il avait remporté le concours d'affiches. On venait de recevoir nos bulletins. Le mien était toujours bon, j'avais rarement moins que A, sauf en écriture. C'était la première année que Robbie avait des notes. Il a eu surtout des B, mais il a eu A en dessin. Ça n'aurait pas été si terrible que ça si je n'avais pas trouvé un B en dessin sur mon bulletin. J'avais un nouveau professeur et il était évident qu'elle n'appréciait pas mon talent inné.

Elle avait écrit que je travaillais trop vite, que je devrais essayer de ralentir et de finir mon travail plus soigneusement. Bien sûr, maintenant que je suis adulte, je me rends compte que c'était un professeur du genre il-faut-colorier-sans-dépasser, mais à l'époque, ç'a été un grand coup pour mon ego. Surtout qu'on disait qu'un A en dessin était facile à avoir, comme en musique. Comment pouvait-on échouer en dessin ? Et pour moi, ce B était un véritable échec, une note minable. Puisque c'était son seul A, Robbie en fit toute une histoire, et Grand-oncle Louis avec lui. J'avais presque oublié le concours d'affiches, mais il a resurgi, humiliation fraîche encore. Et tout au fond de moi, il y avait, enroulée, recroquevillée comme un ver, l'idée des trolls.

Le soir de Halloween, Edward, John et moi avons décidé d'aller voir si quelqu'un tirait des feux d'artifice sur la plage et, s'il n'y avait personne, d'aller en ville. Nous n'avions pas prévu d'emmener Robbie, qui faisait d'habitude le tour des voisins avec Grand-papa Willie, mais cette année-là, Grand-maman Evelyn a décrété qu'il était assez grand pour venir avec nous.

«Je ne veux pas aller à la plage, a-t-il pleurniché quand nous sommes partis. Je veux aller en ville pour récolter des bonbons.»

«Tu viens à la plage parce que Maman a dit que tu devais venir avec nous, et nous, on va à la plage», lui a dit John sèchement.

«Je n'irai pas», a dit Robbie en prenant la direction de la ville. Nous l'avons suivi, en sachant qu'une fois que Robbie avait décidé quelque chose, il était inutile d'essayer de l'en dissuader.

«Quel petit con! a dit John. Je suis sûr que quand nous reviendrons à la plage, le feu d'artifice sera fini.»

«J'étais sûr qu'il allait nous pourrir Halloween, ajouta Edward. Grand-oncle Louis l'a vraiment trop gâté.»

«Grand-oncle Louis en a fait un monstre, ai-je dit. Ce dont il a besoin, c'est d'une bonne frousse. Imaginez que les trolls existent. On laisse Robbie sur la plage comme appât et on le reprend avant que les trolls aient eu le temps de l'attraper. Il aurait sa bonne frousse et nous, on verrait les trolls. C'est bien plus spectaculaire qu'un feu d'artifice.»

«Je ne crois pas aux trolls», me répondit Edward.

«Ça marche quand même. S'ils existent, on le sauve à temps, s'ils n'existent pas, il aura peur quand même», ai-je argumenté.

«Je n'aime pas ça», a dit John.

«Parce que *tu* as peur? lui ai-je demandé. Et la mise à l'épreuve de notre courage alors? Et Maud et ses couguars?»

«Tout ce que Maud et ses couguars prouvent, c'est que dans une situation de danger, on a les genoux qui tremblent tellement qu'on pourrait faire un concert de castagnettes. Si jamais on voit les trolls, on aura tous une crise cardiaque», m'a rétorqué John.

«Mais tu ne crois pas aux trolls!» lui ai-je rappelé.

«Dépêchez-vous!» a crié Robbie qui marchait loin devant nous. Nous l'avons suivi dans toute la ville pendant qu'il récoltait ses bonbons. Nous entendions le bruit des feux d'artifice tirés d'un peu partout et nous savions qu'ils seraient bientôt finis.

«Je suis fatigué. Je veux rentrer maintenant», nous a annoncé Robbie. C'était lui qui avait mené la danse jusque-là, et il nous avait ignominieusement fait marcher tous les trois derrière lui. On entendait le bruit du feu d'artifice tiré dans le parc.

«Allons voir ce feu d'artifice», proposa Edward.

«Non, je veux rentrer à la maison. Je n'aime pas les feux d'artifice», répondit Robbie.

«Écoute, on t'a suivi toute la soirée, le moins que tu puisses faire est de venir avec nous dix minutes dans le parc», lui dit John.

«Je suis fatigué et je veux rentrer à la maison», a répété Robbie, et il est parti à toute vitesse. John a voulu l'attraper par le bras et le traîner jusqu'au parc mais chaque fois que nous avons essayé de l'attraper, il s'est mis à courir. À la fin, les sifflements et les explosions se turent et nous sûmes que c'était fini pour un an encore.

«Merci beaucoup, Robbie!» cria John.

Edward était resté inhabituellement silencieux pendant tout ce temps. Mais il lui cria:

«Robbie, je te donnerai toutes mes barres de chocolat si tu nous accompagnes à la plage.»

Robbie s'arrêta net et se tourna vers nous:

«Et ensuite on rentre directement à la maison?»

«Oui, s'il n'y a pas de feu d'artifice», lui répondit Edward.

«S'il faut que je reste pour regarder le feu d'artifice, je veux toutes les barres de chocolat de John en plus», marchanda Robbie.

«Non», répondit John.

«Je te donnerai les miennes», ai-je ajouté rapidement.

«Bon, c'est d'accord», a dit Robbie, et il nous a laissés le rattraper. Nous avons descendu le chemin qui mène à la mer. La marée montait et les vagues s'écrasaient sur la grève. La nuit était très noire et, seule source de lumière, un mince croissant de lune brillait. Une pluie fine avait commencé à tomber, le vent soufflait de sombres gémissements sur l'océan.

«Il n'y a personne ici! hurla Robbie. Je veux rentrer à la maison!»

«Mais si, Robbie, il y a *quelqu'un* ici! lui ai-je crié en retour tout en tirant Edward et John par la manche, signal du départ. Il y a les trolls, Robbie!» Tous les trois, nous avons tourné les talons et avons remonté le chemin en courant jusqu'aux tombes. Nous nous sommes arrêtés, éclatant de rire, attendant les pleurs et les cris de Robbie, mais la plage resta silencieuse: on n'entendait que le mugissement des vagues.

«Allez, on va le chercher, a dit John. Il est comme ça parce qu'il déteste être le plus petit. C'est méchant.»

«C'est bon, on y va, lui répondit Edward. Mais je maintiens que ça lui aura fait du bien.»

Nous sommes retournés là où nous l'avions laissé. Je ressentais une liberté enivrante, comme si ce ver qui s'enroulait et se recroquevillait à l'intérieur de moi depuis si longtemps était enfin parti. Je savais qu'un acte aussi méchant n'aurait pas dû me rendre si contente, mais c'était vraiment libérateur, comme sortir la tête d'un sac plastique et recommencer à respirer librement. C'est donc le cœur léger que je me suis approchée des rochers où nous l'avions laissé, mais quand nous y sommes arrivés, il n'y était plus.

«Quel petit imbécile, murmura Edward. Allez, Robbie! Tu peux sortir! C'est l'heure de rentrer à la maison!»

Mais il n'est pas réapparu.

«Ce n'est pas drôle! ai-je crié. Maman va s'énerver si on ne rentre pas maintenant!»

«Allez! On est vraiment désolés. Tu pourras prendre mes barres de chocolat en plus!» cria John. Nous sommes restés là à crier pendant quelques minutes, jusqu'à ce qu'on comprenne que Robbie avait vraiment disparu. Nous étions serrés les uns contre les autres et je me suis dit que, si moi j'avais trop peur pour rester seule sur la plage, Robbie avait dû courir à la maison immédiatement.

«Ah, bravo! fit John. S'il est passé par les buissons, il peut très bien s'être perdu pour de bon!»

«Mais il connaît le chemin pour rentrer, ai-je dit. Il ne serait pas assez bête pour sortir du chemin, pas vrai?»

«Je n'en sais rien; on ferait mieux d'aller prévenir Maman», a dit John, et il commença à repartir vers la maison. En tremblant, je me portai volontaire pour rester près des tombes de Frank et Caroline et continuer à crier le nom de Robbie, au cas où il serait à portée de voix. Edward et John coururent à la maison. Je n'avais jamais vraiment cru aux trolls mais, assise là dans le froid, l'idée de formes glissant le long de la plage et enlevant Robbie pour toujours surgissait du fond de mon esprit. C'était ce que j'avais voulu. J'avais voulu qu'il ne soit plus là. Et il n'était plus là.

Très vite, Grand-papa Willie et Grand-oncle Louis sont arrivés. Grand-maman Evelyn était à la maison, elle attendait la police montée canadienne. John, Edward et moi fûmes envoyés à la maison. Quand la police arriva, on organisa des battues. Nous avons vu des lumières dans les bois pendant plus de deux heures, et puis enfin Grand-oncle Louis a retrouvé Robbie et l'a ramené; Grand-maman Evelyn l'a mis au lit. Edward, John et moi, nous tournions nerveusement en rond, attendant que Robbie crache le morceau, mais il n'a rien dit, ce qui ne lui ressemblait franchement pas. Grand-maman Evelyn et Grand-papa Willie ont préparé des sandwichs et du café pour ceux qui avaient participé à la battue, puis chacun est rentré chez soi et nous nous sommes finalement couchés.

Le lendemain matin, quand nous en avons reparlé, Grand-oncle Louis raconta comment il avait vu les trolls emporter Robbie et comment, à l'instant où ils l'avaient posé et avaient regardé d'un autre côté, il l'avait attrapé et avait détalé, les trolls sur les talons. Grand-maman Evelyn a dit que ce n'était pas drôle. Que Grand-oncle Louis était ou fou, ou vraiment sans cœur, et elle l'a envoyé faire ses bagages. Elle a dit qu'elle avait eu la peur de sa vie et qu'elle n'aurait aucune patience avec quiconque lui sortirait de pareilles insanités.

Nous n'avons jamais revu Grand-oncle Louis. Robbie n'a jamais dit à Grand-papa Willie et Grand-maman Evelyn que nous l'avions abandonné aux trolls sur la plage. Peut-être à cause de la violente réaction de Grand-maman Evelyn à la mention des trolls, mais moi je crois que c'était parce qu'il avait peur de nous. John a par la suite confessé notre forfait à Lyla, je suppose qu'il ne pouvait pas supporter le poids de la culpabilité. Et bien que Lyla n'ait jamais eu l'air de croire que nous ayons pu faire une chose aussi méchante, elle et moi n'avons jamais plus pu être proches depuis. John, Edward et moi avons tenté d'expliquer à Robbie que c'était seulement une blague pour Halloween, que nous ne l'aurions jamais abandonné aux trolls. Robbie a semblé accepter nos excuses, mais je suppose que savoir que ta propre famille, en laquelle tu as toute confiance, peut t'abandonner, même pour rire, eh bien, ça change des choses. Ça change les choses pour toujours. Pour le guérir de ses accès d'égoïsme, nous l'avions guéri; il n'a plus jamais été ni vantard ni méchant avec nous. En fait, il n'a plus jamais vraiment été avec nous.

— Mais est-ce que les trolls existent? Est-ce qu'il vous a dit que les trolls l'avaient emmené, comme l'avait raconté Grand-oncle Louis? demanda Amanda.

— Oui, qu'est-ce que Papa vous a raconté? demanda Melissa.

— Il ne nous a rien raconté du tout, leur répondit Tante Sally.

— Il n'a pas pu être enlevé par les trolls. Parce que Grand-oncle Louis avait dit que, quand on donne quelque chose aux trolls, on ne le récupère jamais.

— Mais nous n'avons jamais vraiment récupéré Robbie. Ou Lyla. Ou Grand-oncle Louis. Nous pensions qu'on serait mieux sans lui mais, après son départ, les dîners étaient beaucoup moins vivants. Nous nous sommes tous éloignés les uns des autres, jusqu'à ce que nous soyons tous grands. Et puis John est parti pour l'Alaska, Lyla et Robbie sont allés à l'université dans l'Ohio, où ils se sont installés, et nous ne les avons plus beaucoup vu, Edward s'est noyé en mer et Grand-maman et Grand-papa sont morts. Aujourd'hui, il n'y a plus que moi sur l'île, et il n'y a plus de famille. Donc, ou Grand-oncle Louis avait raison et les trolls ne rendent jamais ce qu'ils ont pris, ou bien alors certains actes changent les choses pour toujours. C'était comme ça sur l'île. Et quand je passe devant notre vieille maison de bardeaux que j'aimais tant, je m'y sens étrangère. Bon, écoutez, il est très tard. C'est la fin de mes histoires. À demain.

Tante Sally se leva et sortit sans bruit en refermant la porte derrière elle.

— Houaou ! fit Melissa doucement.

— Ça faisait peur, juste comme ce que je croyais, dit Amanda.

— Non, lui répondit Melissa, c'était juste triste.

JOYEUX NOËL!

Le lendemain, les enfants rentrèrent de l'école en courant. Leurs parents étaient arrivés dans l'après-midi et les attendaient sur le seuil de la maison, chargés de baisers, de câlins et de cadeaux. Le dîner ne fut que conversations excitées qui fusaient dans tous les sens, et puis ce fut l'heure d'accompagner Tante Sally à l'aéroport.

— Il ne la regarde jamais, murmura Melissa à Amanda pendant qu'elles allaient prendre leurs manteaux.

— J'ai vu, lui répondit Amanda. Il lui parle, il n'a pas l'air énervé, ni rien, mais il regarde ses pieds.

— Ou derrière elle.

— Et il a jeté le dessin qu'elle avait fait de la famille, tu as remarqué? Pendant qu'on ouvrait nos cadeaux dans le salon, il l'a ramassé avec les papiers.

— Pourquoi tu ne l'en as pas empêché? lui demanda Melissa.

— Parce qu'il l'a déchiré en fourrant des trucs dans un sac-poubelle. De toute façon, elle a promis de nous en envoyer un autre pour Noël. Tu ne trouves pas ça bizarre, de penser que le Robbie des histoires, c'est Papa?

— Allez, les filles! les appela leur mère depuis l'allée.

Elles attrapèrent leurs manteaux et rejoignirent Tante Sally à l'arrière du van.

— Il faut que tu reviennes nous voir bientôt, n'est-ce pas, Papa? fit Melissa en étreignant le bras de Tante Sally.

— Hmmm, hmmm, grommela leur père en sortant la voiture de l'allée.

— Ou peut-être bien que nous pourrions aller passer nos prochaines vacances en famille sur l'île de Vancouver, proposa la mère des enfants. Ça serait bien, non, Robbie?

— Doris, essaye d'essuyer l'intérieur du pare-brise, il y a encore de la buée, répondit leur père en lui tendant un mouchoir.

À l'aéroport, on échangea moult au revoir et le voyage de retour fut des plus calmes.

— Elle m'a construit une supercabane dans un arbre, dit Pee Wee.

— Et personne ne sait manger les haricots verts comme elle, dit Amanda.

— Papa, est-ce qu'il y avait vraiment des trolls sur l'île de Vancouver? demanda Melissa.

— Quels trolls? répondit leur père. Doris, est-ce que tu as sorti mon pull gris des bagages, je ne l'ai pas vu depuis qu'on est rentrés?

Plus tard, au lit, Melissa dit:
— Il n'a pas dit qu'il n'y avait pas de trolls.
— Tu crois quoi, toi, dans ces histoires? Ç'avait l'air tellement vrai quand elle les racontait, mais ils ne pouvaient quand même pas ronger des bâtons en vrai?
— Je n'arrive pas à me sortir l'homme mystérieux de la tête, reprit Amanda. Et s'il était encore vivant, quelque part?
— Elle ne nous a jamais dit si Tante Hattie était morte. Peut-être qu'ils sont ensemble dans une maison de retraite.
— Non, je suis sûre qu'elle nous a dit que Tante Hattie était morte.
— Tu crois que sa tombe est sur le chemin, près de celles de Caroline et Frank? Ce serait bien.
— Tu sais où je crois qu'il est, l'homme mystérieux?
— Où ça?
— Avec Elvis.
Les deux mois qui suivirent furent bien remplis, des mois ordinaires, rythmés par l'école, le violon et le football, et les histoires de Tante Sally com-

mencèrent à sembler bien loin. Et puis ce furent les vacances de Noël. La veille de Noël, un paquet arriva en provenance de l'île de Vancouver.

— Alors, alors! fit leur mère. Qu'est-ce que c'est que ça? Un paquet de Tante Sally pour vous, les enfants. Est-ce que ce n'est pas gentil de sa part?

Les enfants l'entourèrent et ouvrirent le paquet. C'était une grande peinture encadrée, la même que le dessin qu'elle avait fait. Elle n'avait oublié personne et, en fait, elle avait même rajouté quelque chose.

— Hé! s'exclama Pee Wee. Regardez, elle nous a mis sur le dessin!

Ils étaient là tous les trois, en haut d'une colline, face à l'océan, dans leurs costumes de Halloween. Melissa portait sa robe de belle-mère froufroutante, Amanda, sa robe de méchante sœur en velours et Pee Wee, un costume de fantôme.

Melissa se tourna vers Amanda et lui dit:

— Comment a-t-elle su?

TABLE